Neues aus der Tiefkühltruhe

Einkaufsgeschichten

Eleanor Laviche

Neues aus der Tiefkühltruhe - Einkaufsgeschichten

Bibliografische Information der Deutschen
Nationalbibliothek: Die Deutsche Nationalbibliothek
verzeichnet diese Publikation in der Deutschen
Nationalbibliografie; detaillierte bibliografische Daten sind
im Internet über dnb.dnb.de abrufbar.

© 2019 Eleanor Laviche
Herstellung und Verlag:
BoD – Books on Demand, Norderstedt
ISBN: 978-3-7504-2155-4

INHALTSVERZEICHNIS

3

1. Die Schokoladen-Neurose

Hin und wieder hört man von Menschen, die absonderliche Zwänge haben. Eine Bekannte schaut vor Verlassen der Wohnung geschätzte tausend Mal nach, ob alle vier Herdplatten auch wirklich ausgeschaltet sind. Zur Sicherheit wird die Schalterkontrolle sogar noch laut kommentiert: „Null-Null-Null-Null" und ein letztes Mal „Null" für den Backofen.

Oder mein persönliches Muss: Wenn ich zum Einkaufen fahre, überprüfe ich noch zu Hause, ob die Kreditkarte im Portemonnaie an der richtigen Stelle sitzt. Keine zwei Minuten später nach dem Jackeanziehen-und-Pfandflaschen-ins-Auto-Räumen sitze ich im Auto und schaue erneut in den Geldbeutel: Ist sie noch da? Könnte ja sein, dass ich mich verguckt oder das Ding auf dem unglaublich langen Marsch zwischen Küche und Auto verloren habe. Kann doch sein, oder? Immerhin habe ich mein Handy schon mal ins Nähkästchen geräumt, ohne es zu merken. Ein Glück, dass es an war und ich es anrufen konnte.

4

Nach der siebenminütigen Fahrt zum Supermarkt wage ich auf dem Parkplatz einen letzten Blick ins Kreditkartenfach: Allen Erwartungen zum Trotz steckt die Karte da, wo sie hingehört. Ist doch unglaublich! Dafür liegt der Einkaufszettel zu Hause auf dem Tisch. Also wirklich, irgendwas läuft hier doch schief.

Neben solch (bisweilen) übertriebenen irrationalen Ängsten gibt es aber auch Ängste, die aus so unangenehmen Erfahrungen entstanden sind, dass das Eintreten dieser furchtbaren Situation – und sei es auch noch so unwahrscheinlich - unter allen Umständen verhindert werden muss.

Lavinia, meine beste Freundin und häufige Supermarkt-Begleiterin, und ich schlendern bedächtig durch die ersten Regale des Supermarktes, und mir fällt angesichts von „Zartbitter" und „Crispy-White" ein, dass ich Schokolade kaufen muss. In den Discountern macht man sich ja nicht die Mühe, die Ware hübsch im Regal anzuordnen, sondern der Kunde darf sich ganz locker und ungezwungen aus dem Karton bedienen.

Ich stehe also vor dem Regal, und auf meiner Augenhöhe verbirgt die Pappschachtel von allen Seiten die Panoramasicht auf die innen liegenden Schokoladentafeln. Schon will ich hineingreifen, als ich, einem plötzlichen Impuls folgend, die Fingerchen doch lieber noch bei mir behalte und mich auf die Zehenspitzen stelle, um das Innere des Kartons in Augenschein zu nehmen.

Zuerst wollte ich den Wollfussel einfach ignorieren, doch die zu einem kompakten Achteck zusammengefalteten, haarigen, dunklen Beinchen konnten die wahre Identität des vermeintlichen Fussels nicht länger leugnen. So gut ist die Tarnung dann doch nicht:

Tegenaria atrica, die schwarze Hausspinne, in voller Größe – zum Glück leider bereits verschieden. Achteckig-praktisch-gut? Und ich hätte sie fast gestreichelt!

Vor Schreck konnte ich mich erstmal nicht bewegen, rief dann aber doch Lavinia zum Begutachten der Situation. Lavinia war ebenso entsetzt wie ich.

Beherzt aber vorsichtig knickte sie den Kartonrand um, um die Sicht auf das Untier freizugeben, das mich immer noch von der Schokolade trennte. Nachfolgende Damen sollten sich doch ebenso an dem Anblick erfreuen können und nicht blindlings in ihr Unheil fassen.

Ich kann mich gar nicht erinnern, ob ich dann doch noch Schokolade gekauft habe – wahrscheinlich hat das Trauma meine Erinnerung gelöscht. Wenn, dann aber sicher keine Tafel aus diesem inkriminierten Karton. Es gibt nämlich genug Gründe, ihn weiträumig zu umschiffen, eine Spinne stirbt schließlich nicht einfach so:

1. Möglichkeit: Die Spinne lebte monatelang in diesem Karton und ist an Altersschwäche gestorben. => Die Schokolade ist schon lange abgelaufen. => Nicht kaufen.

2. Möglichkeit: Das stattliche Tier wurde vom Gewicht einer Tafel Schokolade erdrückt. => Die Schokolade hat zu viele Kalorien. => Ich muss ja sowieso abnehmen.

3. Möglichkeit: Die Spinne verstarb, weil sie von der Schokolade genascht hat. => Die Schokolade ist vergiftet. => Erst recht nicht kaufen.

4. Möglichkeit: Die Spinne ist völlig überfordert verendet, weil sie ihre Eier in die Zwischenräume zwischen Schokolade und Verpackung gelegt hat. => Auf gar keinen Fall mehr berühren.

5. Möglichkeit: Die Schokolade ist samt Karton und Spinne ein Import aus Borneo. Die Spinne ist gar keine Tegenaria atrica, sondern eine entfernte, hochgradig gefährliche tropische Verwandte der „harmlosen" Hausspinne, die mit ihrer Achteck-position den Tod vortäuscht und so in Wirklichkeit nur potentielle Opfer in Sicherheit wiegt, um sie durch einen blitzschnell ausgeführten Biss zu vergiften. => Deckung in der Abteilung für Karnevalspistolen suchen.

Aber eigentlich reicht mir schon die Tatsache, dass ein Exemplar meiner persönlichen Lieblingstierart in der Nähe der Schokolade gelegen hat, da brauche ich gar keine absurden Theorien aufzustellen. Und jetzt stelle man sich vor, der schlimmst denkbare Fall wäre eingetreten, und ich hätte, womöglich völlig gedankenverloren, statt einer Tafel Schokolade das behaarte Achteck aus dem Karton geangelt. Ich wäre doch meines Lebens nicht mehr froh geworden. Nein, da muss vorgebeugt werden, und getreu dem Motto „Es gibt nichts, das es nicht gibt" greife ich nur noch im Vollbesitz meiner sinnlichen Wahrnehmungskräfte unter allen denkbaren Vorsichtsmaßnahmen und Sicherheitsvorkehrungen in Kartons hinein. Wer weiß, vielleicht winkt mir am nächsten Samstag ein Gorilla aus der Bananenkiste zu? Da soll noch mal einer sagen, ich übertreibe.

2. Unpässlichkeiten an der Kasse

Als gestresste aber pflichtbewusste Familienmutter geht man auch dann einkaufen, wenn es der Gesundheitszustand nicht hundertprozentig zulässt. Leichte bis mittelschwere Kopfschmerzen oder ein undefinierbares Magendrücken können schließlich keine Entschuldigung dafür sein, dass zwei Tage später kein Mittagessen auf dem Tisch steht. Also fahre ich trotz Unwohlsein „mal schnell ein bisschen beikaufen".

Vielleicht doch zu viel Kaffee getrunken heute Morgen, denke ich noch, da ist ja klar, dass mir leicht übel ist. Im Supermarkt schleiche ich mich abnehmendem Tempo durch die Gänge und packe die wichtigsten Sachen ein. Irgendwie wird mir schlecht, wenn ich da die Heringssalate und Apfelstrudel in der Tiefkühltruhe sehe. Es kommt mir außerdem viel zu warm vor. Ich öffne den Reißverschluss meiner Jacke auf und merke, dass mir schwindelig wird. Ich klammere mich an den Einkaufswagen und beschließe, angesichts dieser stetigen Verschlechterung meines Allgemeinzustandes jetzt doch lieber nach Hause zu fahren, und gehe auf die Kasse zu. Keine lange Schlange, es ist ja noch früh und nicht viel los. Gleich geschafft, denke ich noch wankenden Schrittes, als eine Dame von schräg rechts mir mit beinahe quietschenden Einkaufswagenrädern in gekonntem Manöver eiligst die Vorfahrt raubt und wie zufällig vor mir an der Kasse steht. Hat die jetzt Vorfahrt gehabt? Ich weiß

10

ja gar nicht, ob im Supermarkt „rechts vor links" gilt. Aber ich habe ohnehin keine Chance: Ich bin deutlich zu schwach, um zu diskutieren, und die Dame lädt ja auch schon auf das Laufband. Natürlich hat sie den Wagen bis knapp an den Rand gefüllt, so dass man meinen könnte, sie müsse für jedes ihrer 23 Enkelkinder einen Frankfurter Kranz backen. Vielleicht erwartet sie auch nach den Horrornachrichten aus Bayern (1 Meter Schnee) ähnliche Verhältnisse für das hiesige Mittelgebirge. Ich will es gar nicht wissen, denn mir wird immer übler, aber wahrscheinlich bezahlt die Frau bei meinem Glück gleich noch bar und sucht die 127,97 Euro in ihrem Portemonnaie aus lauter Kleingeld zusammen.

Mir ist inzwischen so schlecht, dass ich mich neben meinem Einkaufswagen mal hinhocke, nachdem ich meine paar Sachen auf das Laufband gelegt habe. Hilfesuchend blicke ich mich um, aber ich bin zwischen Einkaufswagen eingekeilt. Es gibt kein Entrinnen.

Dass ich da neben dem Einkaufswagen hänge, interessiert aber weiter niemanden, obwohl ich meinem Gefühl nach im Gesicht aussehen müsste wie eine Vertreterin für weiße Wandfarbe.

Was denken die Leute denn, was ich da mache? Erdbeeren pflücken? Die Dame vor mir ist fertig, und ich kann eigentlich gar nichts mehr. Mit letzter Kraft stelle ich mich wieder hin, drehe den Einkaufswagen schwankend und zitternd in die akribisch dafür vorgezeichnete Markierung auf dem Fußboden an der Kasse und kann gerade noch als letzte Worte ein „Guten Morgen!" herausbringen, bevor ich mein Frühstück auf demselben Wege von mir gebe, wie ich es vor zwei Stunden zu mir genommen habe.

Kommentar der Kassiererin: „Ist ihnen nicht gut?" Das ging mir noch lange durch den Kopf. Was hätte man da am besten geantwortet? „Doch, doch, war nur Spaß!" oder „Wie kommen sie denn darauf?" Ich weiß es auch nicht. Jedenfalls hat die Kassiererin Erbarmen und geleitet mich mit angeekelt-bemitleidendem Gesichtsausdruck zur Angestelltentoilette, wo ich mich dann mal so richtig gehen lassen kann. Zwischenzeitlich wird die versaute Kasse geschlossen, und die bedauernswerten Damen und Herren aus der Schlange hinter mir müssen von Kasse 1 nach Kasse 2 umladen.

Als ich wieder in den Kassenbereich komme, deutet besagte Kassiererin mit einem Wischmopp auf meine kleine Sauerei und drückt mir selbiges Gerät mit den Worten „Ich kann das nicht, da wird mir immer so..." in die Hand. Ach so, ich kann das aber jetzt, oder wie? Was ist das für eine Logik? Nur weil ich gekotzt habe, heißt das doch noch lange nicht, dass ich auch gerne in der Brühe herumrühre. Das wäre ja so, als wenn ich mir einen offenen Bruch zulegte und mit Stolz und Freuden die einzelnen Sehnen, Knochenfragmente und Muskelfetzen begutachtete, weil es sich ja um mein „Elaborat" handelt.

„Magen-Darm" ist für mich die schlimmste Krankheit. Wenn ich da so über der Kloschüssel hänge, kann ich mich – animiert von meiner eigenen Geräuschkulisse – kaum bremsen. Man könnte mir jetzt vorwerfen: „Aber hallo, du hast doch zwei kleine Kinder. Müttern dürfte das doch nichts ausmachen." Tut es aber. Ich habe keine Probleme, mich mit jeglicher Form von Windelinhalt zu beschäftigen, aber um andere Formen der Magenentleerung hat sich mein lieber Mann immer gekümmert. Oh, da fällt mir was ein: Ob ich den vielleicht kurz anrufe, damit er rettend eingreifen kann? Nein, wäre wohl doch etwas peinlich. Nun gut, „Wer die Suppe eingebrockt hat, muss sie auch auslöffeln", denke ich und wische die Schweinerei weg. Mir geht es ja auch besser, jetzt, wo alles raus ist.

Ich bezahle, entschuldige mich für die Unannehmlichkeiten und fahre nach Hause, nicht ohne einen Funken Amüsement darüber, was mir immer alles so passiert.

3. Pfandflaschenrückgabe (1)

Plastikflaschen zum Wegwerfen gibt es heutzutage kaum noch. Nicht, dass man sie nicht doch wegwerfen könnte, um der Müllindustrie ein

Schnippchen zu schlagen, aber letzten Endes wäre das doch eine teure Angelegenheit. Da ist es doch besser, man bringt das Plastik in seinen natürlichen Kreislauf von Entstehen und Vergehen zurück.

In meinem Supermarkt gibt es zwei Stationen, an denen man seine Einwegpfandflaschen zurückgeben kann. Man hat dann etwa eine Viertelstunde lang jede einzelne Flasche mindestens einmal in der Hand, um sie mit dem Flaschenboden zuerst (und nicht werfen!) sorgfältig in die Öffnung der Rückgabestation zu legen. Darin wird die Flasche gescannt und nach erfolgreicher Erkennung weiter durch in den gierigen Höllenschlund gefahren, wo sie dann unter lautestem Geknirsche zermalmt wird. Zu guter Letzt drückt man einen grünen Knopf, woraufhin der Bon gedruckt wird, quasi als Verdauungsbeweis, wie eine volle Windel.

Dieser Bon will nun gut aufbewahrt werden. Doch wohin damit? Ins Portemonnaie stecken? Nein, das ist zu unsicher, den hab ich doch wieder vergessen, bis ich an der Kasse bin. Die Kasse ist schließlich am anderen Ende des Geschäfts. Also halte ich meinen Bon den ganzen Einkauf über in der Hand und klemme ihn hinter den Einkaufszettel – sofern ich daran gedacht habe, diesen auch mitzunehmen.

Lavinia hat es ja bei einer genaueren Untersuchung von Waschmittelinhaltsstoffen, zu der sie beide Hände benötigte, schon mal geschafft, den Bon im Supermarkt zu verlegen. Man ist ja nun auch nicht hauptberuflich mit Bonverwahren beschäftigt, schon gar nicht beim Einkaufen. Es soll tatsächlich schon vorgekommen sein, dass Leute den Supermarkt mit dem Bon in der Hand wieder verlassen haben. Ist ja auch nachvollziehbar. Einkaufen ist eine anstrengende Angelegenheit: Handtasche mit Portemonnaie, Autoschlüssel in der Jackentasche, Einkaufswagen, Einkaufszettel und Bon gleichzeitig zu beaufsichtigen, ist Multitasking allerhöchsten Anforderungsbereiches. Und dann braucht man ja auch noch freie Gehirnkapazitäten, um sich auf das zu konzentrieren, was die Hauptaufgabe beim Einkaufen ist: Einkaufen.

Dabei ist es aber ja nicht damit getan, Gegenstände von einem Ort (Regal im Supermarkt) an einen anderen Ort (Einkaufswagen) zu räumen. Zutatenlisten wollen studiert und Haltbarkeitsdaten gesichtet werden, unvorhergesehene Sonderangebote unter kaufmännischen Gesichtspunkten geprüft, und neu auf dem Markt erschienene Produkte in Augenschein genommen werden. Man will ja schließlich Abwechslung auf den Tisch bringen, und die Joghurtgeschmacksrichtung „Schweinebraten-Waldmeister" verheißt interessante Gaumenfreuden.

Über diesen ganzen Einkaufsstress hat man mal schnell so einen unscheinbaren Bon vergessen. Das ist aber eine überaus ärgerliche Angelegenheit, denn so ein kleines Papierschnipselchen kann durchaus mehrere Euro wert sein. Wenn ich mir so anschaue, dass manche Miteinkäufer einen ganzen Kofferraum voller Plastikpfandflaschen an der Pfandstation zurückgeben und die Station für eine halbe Stunde blockieren, muss der Bon anschließend ein wahres Vermögen wert sein. Umso unangenehmer ist es, wenn dieses Wertpapier an der Kasse auf einmal nicht mehr da ist.

Ich stehe an der Kasse und warte auf interessante Situationen, als ein älteres Ehepaar – wie von der Regie bestellt - gerade bezahlen will und die Ehefrau ihren Gatten anherrscht: „Wo ist der Bon?" „Den hab ich nicht, den hast du", antwortet der Gatte gereizt. Sie tönt in vollster Lautstärke: „Das waren genau 50 Flaschen! Ich hab mich auf dich verlassen!" „Und ich hab mich auf dich verlassen", blökt er zurück. Nach einigem Hin und Her bezogen darauf, wer nun den Verlust des Bons Schuld sein könnte, wird die bislang unbeteiligte Kassiererin, deren Gesicht während dieser Show mehrfach von der Dame zum Herren und wieder zurück wandert, einbezogen: „Das waren GENAU 50 Flaschen. Hat jemand den Bon vielleicht abgegeben?" Die Kassiererin schüttelt sich aus ihrer Beobachtungslethargie wach, verneint und bittet eine Kollegin, doch mal schnell an der Pfandstation gucken zu gehen, ob der Bon eventuell noch da ist. Als er da natürlich nicht zu finden ist, fängt SIE wieder an: „Es waren GENAU 50 Flaschen. Das kann doch nicht wahr sein, dass DU den Bon nicht aufbewahren kannst! Ich hab mich auf DICH verlassen!" „Und ICH hab mich auf DICH verlassen", giftet er zurück. Der Herr bezahlt den Einkauf, die Dame packt ein. „Dass DU nicht in der Lage bist, auf den Bon aufzupassen", geht es immer noch weiter und weiter. „Ja, ICH hab mich doch auf DICH verlassen", höre ich es noch einige Male, bis die beiden den Supermarkt verlassen haben. Ich frage mich, ob die Armen jemals aus diesem Kreislauf herausfinden werden. Am Ende verlassen sie sich noch gegenseitig, statt sich aufeinander zu verlassen. Oh, Moment, ich bin ja schon an der Reihe: Ich lege meine Waren auf das Laufband, greife in alle verfügbaren Taschen und denke: Wo ist eigentlich mein Bon?

4. Pfandflaschenrückgabe (2)

Ich gebe ja zu, dass ich tatsächlich schon mal vergessen habe, diesen Knopf zu drücken. Sie wissen schon, den am Ende der endlosen Flaschenwerferei.

Und ich wette, da bin ich nicht die Einzige. Geistig war ich wahrscheinlich schon damit beschäftigt, zu überlegen, was ich dringend kaufen muss, weil ich den Einkaufszettel mal wieder zu Hause vergessen hatte. Es ist aber auch kein Wunder, dass man am Pfandautomat gedanklich wegdriftet, denn eine rundum erfüllende Tätigkeit ist das beileibe nicht, es handelt sich doch um quasi monotone Fließbandarbeit. Und dann kriegt man schlimmstenfalls sogar noch nicht einmal Geld dafür, weil man sich in einen tranceartigen Zustand hineingepfandet hat und vergisst, den Bon einzufordern.

Da wäre doch die Frage angebracht, ob es nicht ein sichereres System gibt. Ich könnte mir da Folgendes vorstellen: Man betritt den Supermarkt, wirft seinen Pfandflaschenhaufen in einen riesigen Trichter, der in einer großen Kiste mündet. Der Trichter schüttelt sich ein paar Mal, rülpst lautstark, und die Anzahl der Flaschen wird von einem Turborundumscanner erfasst, während diese in die Kiste purzeln. Eine freundliche Computerstimme weist einen darauf hin, dass es nicht mehr lange dauert, und zitiert Schillers „Glocke", um einem die Zeit zu vertreiben.

20

Wenn alles gezählt ist, wird einem der Eurobetrag von einem Greifarm, der einen Stempel hält, auf die Stirn gestempelt. Und erst dann wird eine Schranke geöffnet, die einen wieder aus dem Pfandbereich entlässt. Kein lästiger Bon, den man verlieren oder vergessen könnte. Die Kassiererin wäre dann auch gezwungen, einem ins Gesicht zu schauen, um den Betrag abzulesen. Das wirkt doch gleich viel freundlicher.

So würde das Einkaufen auch insgesamt möglicherweise kommunikativer werden, denn man käme leicht mit anderen Einkäufern ins Gespräch: „Entschuldigung, dürfte ich mal gerade an die Gurken?" „Aber natürlich - ach, sie haben Pfandflaschen für zehn Euro fünfzig gehabt?" „Ja, stellen sie sich vor, mein Mann trinkt mittlerweile sogar das Bier aus den Pfandflaschen. Da wird das Einkaufen doch billiger, wenn am Schluss noch mal viel abgezogen wird." „Da ist was dran. Wie viel bekomme ich denn zurück? Können sie mal lesen?" „Moment, tun sie mal den Pony beiseite, ah, vier Euro. Das ist aber nicht viel." „Stimmt, da hätte ich jetzt mit mehr gerechnet. Ich werde gleich noch ein paar Flaschen Wasser mitnehmen, dann habe ich nächstes Mal mehr Pfandflaschen, und der Einkauf ist billiger. Danke noch mal für den Tipp!"

5. Wühltischalarm

Eine grauenhafte Szenerie, mitten im Deutschland des 21. Jahrhunderts: Wild gewordene Furien und Hyänen, bereit, sich gegenseitig zu zerfleischen, undurchschaubares Handgemenge, Drohgebärden, zerfetzte Gegenstände. Nein, ich rede nicht von Chaostagen, sondern von den sich regelmäßig wiederholenden Tagen, an denen in Discountern ab morgens acht Uhr Aktionsware verkauft wird. In der Woche vorher kann man dem Werbeblättchen entnehmen, was es in der kommenden Woche Besonderes gibt.

Mal sind es spezielle Haushaltswaren oder Saisonartikel, Karnevalskostüme zum Beispiel, manchmal gibt es Spezialitäten aus fernen Ländern zu kaufen, als hätten wir nicht schon genug Exotik auf dem Tisch, wenn kurz nach Weihnachten Erdbeeren aus Spanien oder Trauben aus Südafrika angeboten werden. Ich frage mich, ob man eine spezielle Ausbildung braucht, um auch wirklich eines der angepriesenen Produkte zu ergattern, denn für Aktionsware gilt: „Wenn weg, dann weg!" Wer da zu spät kommt oder sich nicht durchsetzen kann, den bestraft der Kassenzettel – wenn er nämlich ein ähnliches Produkt im Fachhandel zum deutlich höheren Preis kaufen muss.

Ich persönlich habe ja gar keine Zeit, mich morgens um acht in dieses Chaos zu begeben, außerdem würde es mich emotional überfordern. Ich bin einfach zu nett, um konkurrierenden Damen die hellgrüngestreifte Aloe-Vera-Herrenunterwäsche mit Push-Up- und Anti-Aging-Effekt dreist aus der Hand zu reißen. Und wahrscheinlich bin ich auch nicht sportlich genug. Wenn man nämlich freie Auswahl am Wühltisch haben will, sollte man schon den Weltrekord im 100-m-Sprint halten, um vor allen anderen da zu sein. Daneben sollte man auch boxen können, um Angreiferinnen abzuwehren und seine Beute erfolgreich zu verteidigen. Erfahrung im

Gewichtheben ist ebenfalls von Vorteil, denn die Massen von anfänglich noch in ordentlichen Stapeln angeordneten Kleinkind-Jogginghosen werden sehr schnell zu einem unstrukturierten Haufen. Da muss man schon entsprechende Gewichte umwuchten können, um an die unteren Schichten zu gelangen, in denen sich dann natürlich die gesuchte Größe 140 befindet.

Mich erinnert das ja immer ein bisschen an die Geschichte, die mir eine frühere Bekannte erzählt hat, von einem „Second-Hand-Shop", der nichts anderes als ein Hinterhof war, auf dem ein meterhoher Haufen Kleidung lag, völlig unsortiert und einfach nur zusammengeworfen. Man musste sich da selbst hineinstürzen, an herauslugenden Hosenbeinen zerren und Ärmel entknoten, und wenn man sich in tiefer liegende Schichten gegraben hatte, geriet man in einen modrigen Sumpf aus Feuchtigkeit und Schimmel, aber auch Jeans und Blusen. Womöglich leben in einem solchen Haufen mutierte Lebensformen, von denen jeder Forscher kaum zu träumen wagt.

Aber zurück zu den Wühltischen, an denen es doch hygienischer zugeht Nebenbei bemerkt: Von WühlTISCHEN kann ja im Grunde eigentlich keine Rede mehr sein. Das sind mittlerweile WühlCONTAINER, die so tief sind, dass ein Elefant bequem ein Vollbad darin nehmen könnte. Ich wüsste ja gerne, ob jemand bei dem Versuch, an die unteren Schichten eines solchen Wühlcontainers zu kommen, schon einmal das Gleichgewicht verloren hat und kopfüber in ein Meer aus Bambus-Wellness-Socken abgetaucht ist. Tauchen sollte man also – nebenbei bemerkt - sicherheitshalber vielleicht auch beherrschen.

Und wo wir gerade bei Wassersport sind: Vielleicht wäre auch ein Angelschein vorteilhaft: Man könnte sicher vielen Wühltisch-Unannehmlichkeiten aus dem Weg gehen, wenn man sich folgende Strategie zurechtlegt: Den Wühltischen gegenüber stehen die Europaletten mit hoch aufgetürmten Wasserflaschen. Da könnte man doch hinaufklettern und von da oben, aus sicherer Entfernung quasi, gezielt die Angel auswerfen, um die Hochflor-Badematte in grau-lila zu ergattern. Kein Schubsen, kein Prügeln, keine Gleichgewichtsprobleme – wunderbar.

Während die anderen sich da unten schweißgebadet die BHs aus den Händen reißen, könnte man sich in aller Ruhe die besten Stücke angeln. Und noch ein Tipp: Fernglas nicht vergessen! Sonst kann es doch schwierig werden, die entsprechende Größe der BHs oder Gummistiefel zu entziffern. Und wenn man das Objekt in der gewünschten Größe und/oder Farbe im Einkaufswagen einer in den unteren Bereichen des Wühlcontainers herumfuhrwerkenden Konkurrentin erblickt, kann man auch ganz unbemerkt die Angel einsetzen, um dasselbe klammheimlich aus dem Einkaufswagen zu entwenden, ohne dass man sich auffällig an ihrem Einkaufswagen zu schaffen machen müsste, während sie noch taucht und wühlt.

Gut, die Angelmethode eignet sich jetzt nicht unbedingt für alle Arten von Aktionsware. Bei Fernsehern oder Heimtrainern beispielsweise würde ich sie nicht empfehlen.

So einen morgendlichen Run auf die Wühltische würde ich ja mal gerne im Zeitraffer sehen. Bei Karnevalsperücken stelle ich mir das besonders lustig vor. Man sieht vielleicht eine Dame mit ihrer besten Freundin, wie sie eine Verpackung öffnet und sich eine wasserstoffblond-gelockte Engelsperücke aufsetzt. Sie eilt zum bereitstehenden Spiegel, macht ein entsetztes Gesicht darüber, wie unmöglich sie doch damit aussieht, wirft mit hochrotem Kopf die Perücke wieder zurück in den Wühltisch und hofft, dass sie niemand gesehen, geschweige denn erkannt hat. Inzwischen wird der Perückenhaufen im Zeitraffer immer kleiner, weil Käuferinnen und Käufer in atemberaubendem Tempo eine oder gleich mehrere Perücken (für die Oma zu Hause) in den Wagen packen.

Hin und wieder sieht man Leute, die sich zum Spaß diese eine Perücke aufsetzen, sich angucken und sich totlachen. Das geht dann den ganzen Tag so weiter, und am Abend, kurz vor Ladenschluss, liegen noch zehn abgepackte Perücken auf dem Tisch, Modell „verstaubte Lateinlehrerin", das ging wohl dieses Jahr nicht so gut. Die gebeutelte Engelsperücke hängt völlig zerfranst als Überbleibsel eines geschäftigen Tages verknotet und verfilzt im Metallgitter des Wühltisches. Was macht der Filialleiter jetzt mit dieser Perücke? Verkaufen kann er die doch nicht mehr. Geht er selbst damit bekleidet nach Hause, oder zieht er sie heimlich im Keller an?

Schön ist es ja auch, wenn man bei diesen Gelegenheiten beobachten darf, wie tief sitzende Urtriebe des Menschen wieder zu Tage treten: Eines schönen Tages waren LED-Leuchtschlangen im Angebot. Das ist zugegebenermaßen etwas, an das ich mich nicht erinnern würde, wenn ich nicht dieses nette Ereignis damit verbände:

Ich stehe vertieft am Wühltisch und grabe gedankenverloren in Socken herum, im Wühltisch nebenan befinden sich besagte LED-Geräte. Ein Mann hechtet von weit her darauf zu und stellt fest, dass sich seine Anfahrt gelohnt hat, denn er verkündet lauthals aus tiefstem Herzen: „Ha! Da ist ja noch eins!" Er hatte das Glück, das letzte Exemplar anzutreffen, und zögerte nicht, seinen

28

Jagderfolg mit dem ganzen Einkaufspublikum zu teilen. So eine Freude! Nein, ich war richtig gerührt. Vielleicht sollte man demnächst auch Preisverleihungen vornehmen, um denjenigen zu ehren, der das letzte Stück einer begehrten Aktionsware ergattert. Aber halt, das könnte auch peinlich sein. Oder möchten Sie Ihr Foto in der Zeitung sehen, weil Sie die letzte digitale Körperfettwaage erbeutet haben?

6. In der Metzgerei

Lavinia und ich sind ja stolze Hundemamis, und so führt der Einkaufsweg auch hin und wieder zum Metzger, damit die Hundchen sich an frischen Rinderknochen erfreuen können. Begleitet von einem lustig-lauten „Plimplimplimplim" öffnen wir an einem Samstagmorgen im Sommer die antiquierte Geschäftstür und werden erschlagen von der Hitze, die im Inneren herrscht. Doch damit nicht genug: Wir erblicken als Kundschaft Franz, einen älteren Bekannten, der schon des Öfteren durch

Kommentare dem weiblichen Geschlecht gegenüber aufgefallen ist. Na, das kann ja was werden. Neben Franz bzw. als Nächster in der Reihe steht ein Herr ähnlichen Alters, den Lavinia und ich nicht kennen, Franz aber offensichtlich schon, denn man ist lautestens im Gespräch, während Franz nebenbei seine Grillvariationen für den Familienabend kauft. Schließlich versteigt sich Franz – allen Erwartungen gemäß - zu der Äußerung, die Verkäuferin solle mal zusehen, dass sie „ein bisschen mehr auf die Rippen" bekommt. „Ääääh...", lässt die arme Verkäuferin mit einem quasi hilfesuchenden Seitenblick Lavinia und mich verlauten. Wir gucken sie mitleidig an, und da antwortet sie, sich unserer geistigen Beistandes gewiss: "Das ist schon alles im grünen Bereich." Mit einem ordinären Lachen entfernt sich Franz, der inzwischen bezahlt hat, und wünscht noch ein schönes Wochenende.

„Tschüss, Schweineschnitzel", sagt da der unbekannte Herr, wobei er Franz durch eine Rechtsdrehung des Oberkörpers mit Blicken in Richtung Tür verfolgt. – Äh, Moment: „Tschüss, Schweineschnitzel?" Hat der Herr da gerade den

30

Franz „Schweineschnitzel" genannt? Lavinia und ich schauen uns ungläubig an und können ein Lachen kaum unterdrücken, als der Herr den Satz aber doch noch weiterführt, indem er sich dann wieder zurück zur Verkäuferin dreht und sagt: "vier Stück." Aha! Franz heißt also doch gar nicht „Schweineschnitzel", sondern die Koordination zwischen Verabschiedung und Bestellung ist ein wenig durcheinander geraten.

„Und ein halbes Pfund geräucherter Schinken." Die Verkäuferin wuchtet das halbe Schwein aus der Frischtheke auf das Schneidegerät. Dieses mittelalterliche Modell schafft eine Scheibe in drei Sekunden. „Ffffffffffffffffffffff-T, ...ffffffffffffffffffff-T", macht es in träger Gemütlichkeit, während ihm die Hitze offenbar nichts ausmacht. Oder ist es vielleicht deswegen so langsam?

Meine Güte, hier drin bleibt einem echt die Luft weg, denke ich noch, als Lavinia einmal beherzt die Tür öffnet und eine Nase frischer Luft hereinlässt. „Und dann noch ein Stück Leberwurst und ein Stück Blutwurst." HITZE. Wie kann man da an Blutwurst denken? „Von der geräucherten oder der ungeräucherten", fragt die zu dünne Verkäuferin, während eine Dame das Lokal betritt und völlig ungefragt und unvermittelt mitten in die Blutwurst hineinplatzt: „Was gibt's denn heute für nen Mittagstisch?" HIIIITTZZEEEEEE. „Nee", antwortet die Verkäuferin mit verschiedenen Blutwürsten in der Hand, „heute ist Samstag, da gibt's nix."

Der Herr entscheidet sich nach langer Besinnung für die ungeräucherten Varianten und lässt sich jeweils ein Stück nach Augenmaß abschneiden. Hier wird aber durchaus wohlwollend korrigiert: „Ruhig ein bisschen mehr!", und die Dame ohne Mittagstisch klappert mit ihren Stöckelschuhen wieder hinaus. Zugleich betritt ein weiterer Bekannter das Ladenlokal.

Gott sei Dank, eine kleine Brise Luft kommt mit Herrn P. hinein. Aber auch Herr P. ist ein großer Sprücheklopfer. Es gibt Schlimmes zu befürchten, denn wenn jetzt der Herr noch weiter die Zentimeter seiner Wurstauswahl verändert, müssen Lavinia und ich uns umso länger irgendwelche komischen Sprüche von Herrn P. anhören.

Es stellt sich aber erfreulicherweise heraus, dass Herr P. aber nur so geschwätzig ist, wenn er, selbst Verkäufer, hinter der eigenen Ladentheke steht. Hier jedoch hält er sich erstaunlich bedeckt, aber vielleicht macht ihm ja auch nur die Hitze zu schaffen und er will jegliche Art von Anstrengung vermeiden.

Irgendwie ist es peinlich, wenn man so ohne Wortwechsel nebeneinander steht, obgleich man sich kennt, also lasse ich gezwungenermaßen eine Bemerkung über die Hitze fallen. Man höre und staune über Herrn P.s lapidare Antwort, der sonst ein Ausbund an Schlagfertigkeit und Wortwitz ist: "Das sind die Kühltheken!" Nanu, so wortkarg heute? Na, damit habe ich jetzt nicht gerechnet.

Und jetzt fällt mir auch keine passende Reaktion ein, aber wie durch göttliche Fügung sind Lavinia und ich plötzlich an der Reihe, denn der Herr vor uns hat seine Wurstzentimeter bekommen und bezahlt.

„Wir hätten gern Rinderknochen für unsere Hunde." „Boah", lautet die Antwort. Boah? Boah,

Rinderknochen? Boah, für Hunde? Boah, es ist so warm hier? Keine Ahnung. Doch dann: „Da muss ich mal nachsehen, ob ich noch welche habe." Ach so. Na, dann. Sie verschwindet und kommt zurück mit einer riesigen Kiste, packt tiefgefrorene Knochen in Tüten und wiegt sie ab.

„Plimplimplimplim" öffnet sich ein weiteres Mal die Tür, und ein ehemaliger Schüler von mir betritt die Metzgerei. Oh nein, anstatt dass wir sofort dieser Bruthitze entfliehen können, sehe ich mich anstandshalber genötigt, Thomas nach seinem Ausbildungsstand zu befragen. Er kann ja nichts dafür, und ich freue mich ja auch, aber die Umstände sind alles andere als günstig. Lavinia hält die Tür auf, während ich kurz die wichtigsten Informationen abfrage und alles Gute wünsche. Bezahlen und raus hier. Mehr hätte ich auch nicht geschafft. Tür weit auf und LUFT.

7. Kartoffeln aus Ägypten

Den Discounter-Einkauf hinter mir, wage ich mich in den Supermarkt, geradewegs auf die Kartoffeln zu. Ich schaue im Regal links, ich schaue rechts. Irgendwas stimmt nicht: Da, die festkochenden Kartoffeln der von mir präferierten Marke sind ausverkauft. Oh nein! Während ich nach einer Alternative suche, tönt es hinter mir: „Ach, sind die Kartoffeln ausverkauft?" „Äh, ja, die festkochenden", sage ich und drehe mich um, um in das Gesicht einer jüngeren Frau zu schauen, die ihren Sohnemann in die Kinderhalterung des Einkaufswagens gequetscht hatte, wo er fröhlich herumturnt.

„Na, guckense mal, hier sind ja noch welche", ruft sie mir zu. Dabei hält sie triumphierend in Plastikfolie verpackte Kartoffeln in die Höhe, um dann entsetzt festzustellen: „Oh, die sind ja aus ÄGYPTEN! Nee, soweit geht es dann doch nich. Das fehlt ja noch, dass ich Kartoffeln aus Ägypten kauf'!" Und schwupp, liegen die armen Kartoffeln schon wieder da, mit mindestens einer Beule mehr als vorher.

Nach kurzem Gekrame in der äußersten rechten Ecke des Kartoffellagers hebt sie mit spitzen Fingern ein Netz voll mit Erdäpfeln in die Höhe. „Aus der Heimat" oder so steht drauf. Ungewaschen, nicht hochglanzpoliert wie die aus Ägypten, sondern mit Erde behaftet. So, wie sie eben aus dem Boden kommen. Aber festkochend.

Die armen Geschöpfe werden beäugt, die Dame marschiert mit ihrem Fang ab in Richtung Einkaufswagen, dreht sich aber nach drei Metern wieder um und platziert die Kartoffeln kopfschüttelnd wieder da, wo sie sie hergeholt hat, während ich, ja, Sie vermuten richtig, mir dieses Schauspiel erstaunt anschaue.

„Nee, da sind sicher faule drin. Dann gibt's heut eben Reis." Reis? Aber der kommt doch aus Asien!

8. Der Hähnchenmann

„Moogäääähhhn", schallt es samstags regelmäßig über den Supermarkt-Parkplatz: Der Hähnchenmann geht um. Jeden Samstag ist es dasselbe: Eine Fläche von vier Parkplätzen direkt neben dem Supermarkt-Eingang wird abgesperrt, damit das Hähnchenmobil dort Station machen kann. Das muss man sich so vorstellen: Erst wird lange rangiert. Vor, zurück, vor, zurück, vor, zurück und vor, zurück, bis das Geflügelmobil überhaupt erst richtig steht. Dann wird die Verkaufsklappe geöffnet, die Heizstäbe werden hochgefahren und die Hähnchen am Spieß aufgesteckt. Während die Apparatur hochfährt, huscht der Hähnchenmann zur Hauptstraße und bringt sein „Hax'n"-Plakat an. Der nächste Akt des Hähnchenmanns ist ein kurzer Einkauf im Supermarkt, denn man muss sich ja irgendwie die Zeit vertreiben, während die Schenkel und Flügel noch im halbrohen Zustand vor sich hin vegetieren und auf ihre appetitliche Bräune warten.

Zufällig waren Lavinia und ich des Öfteren zur selben Zeit wie der Hähnchenmann beim Einkauf und bekamen regelmäßig als ausgewählte Kundinnen ein extraordinär-überschwängliches "Mooooooogäääääääähhhn" gewidmet, dem durchaus ein gewisser zweideutiger Unterton anhaftete. Dieses wiederholte Auftreten hat uns schon zum (nicht ernst gemeinten) Wettenabschluss verleitet: „Wenn er heute da ist und uns grüßt, schälst du mir heute Mittag die Kartoffeln", oder so.

Vor Jahren wurde ich tatsächlich Zeuge, wie dem Hähnchenmann eine ganze Ladung Hähnchen am Spieß bei dem ungeschickten Versuch, sie vor den Heizstäben anzubringen, auf den Parkplatz fiel und im Dreck landete. Als ich das aus dem Augenwinkel wahrgenommen hatte, blieb ich wie angewurzelt auf meinem sicheren Beobachtungsposten. Der Hähnchenmann blickte sich verschämt in alle Richtungen um. Und tatsächlich: Wie auch ich nach reichhaltigem Umsehen feststellen konnte, war niemand in unmittelbarer Nähe. Außer mir (gut versteckt in der Pflanzenauslage des Supermarktes zwischen Rhododendron und Stiefmütterchen).

Nur so kann ich es mir erklären, dass er nach zwei zögerlichen Sekunden die herabgestürzten Hähnchen – als wäre es das Normalste der Welt – ganz selbstbewusst in einem erneuten Versuch vor den Heizstangen arrangierte.

Keine Sorge, den Hähnchenmann gibt es nicht mehr. Vielleicht hat jemand ein Hähnchen mit Hundekot-Beigeschmack erwischt und ihm die Gewerbe-aufsicht auf den Hals gehetzt.

9. Einkaufen in den Ferien

Wir hier in einem westdeutschen Mittelgebirge werden zur Ferienzeit zwar nicht invasionsartig von Touristen übervölkert, wie das an italienischen Stränden der Fall ist, trotzdem wird man im Sommer durch vermehrt auftretende niederländische Autokennzeichen daran erinnert, in welch schöner Region man doch wohnt, da andere Leute hier ihren Urlaub verbringen.

An einem für mich ganz normalen Tag im Sommer fuhr ich mal wieder einkaufen und merkte schon am übervollen Parkplatz, dass ich einen schlechten Zeitpunkt gewählt hatte. Nun ja, da muss ich wohl durch. Unverrichteter Dinge auf den Hinterreifen kehrt zu machen, kommt selbstverständlich nicht in Frage. Wo kämen wir denn da hin, wenn Mutti bei einer solchen Lappalie schon einknickt? Auf in den Kampf, einmal tief Luft holen und heraus aus der beschaulichen Sicherheit des eigenen Autos in die stickige Schwüle des Parkplatzes zum Einkaufswagendepot.

Nachdem sich die automatischen, schleusenartigen Doppelschiebetüren des Discounters hinter mir geschlossen haben, umfängt mich eine angenehme Kühle. Gott sei Dank, da ist eine Klimaanlage am Werk, und ich kann schon wieder einigermaßen klar denken. So voll ist es drinnen dann auch nicht, es verläuft sich ja doch alles in den Gängen. Ich schlendere frohen Mutes durch die Regale und packe mal von links, mal von rechts Produkte in den Wagen.

Rund um mich herum wird hauptsächlich niederländisch gesprochen, registriert mein Unterbewusstsein, ich denke mir aber nichts weiter. Welche dramatischen Ereignisse sich noch abspielen werden, ist mir zu diesem Zeitpunkt noch nicht klar.

Ich drehe weiter meine gewohnten Runden durch die Gänge, ohne dass etwas Nennenswertes geschieht. Als ich aber an der Kühltheke ankomme, bietet sich mir ein Bild des Grauens: Butter und Milch sind wie gewohnt in den üblich-üppigen Mengen vorhanden - aber was ist das?

Im obersten Regal stehen über einen Meter Länge nichts als leere Kartons, deren früherer Inhalt mir zunächst nicht in den Sinn kommen will. Man stelle sich das mal vor: 5 identische Kartons, einer leerer als der andere, fein säuberlich nebeneinander arrangiert, als müsste es so sein. Ein überaus ungewohnter Anblick. Und vor allem stellt sich mir die Frage: Was war da drin?

Erst als ich den Gouda suche und nicht finde, wird mir klar, was da oben durch Nichtanwesenheit glänzt! Das habe ich ja noch nie erlebt! Und sofort dämmert mir, wer der Urheber dieses plötzlichen Käsemangels ist. Irgendwie kommt mir der Spruch „Eulen nach Athen tragen" in den Sinn, obwohl er so richtig gar nicht passt. Ob meiner kombinatorischen Fähigkeiten und dem Resultat derselben muss ich laut lachen, aber das muss mir gar nicht peinlich sein, denn die Niederländer um mich herum verstehen ja kein Deutsch.

10. Taubenherzchen

Ich stehe an der Kasse und habe bereits alles auf das Laufband gelegt. Viel ist es heute nicht, da ich bei meinen letzten Einkäufen eine vorbildliche Vorratshaltung betrieben habe, mein Mann nächste Woche nicht da ist und ich sowieso auf Diät bin. Außer ein paar Grundnahrungsmitteln ist es heute nichts: Milch, Brot, Obst und Tomaten in der Hauptsache.

Von den Tomaten habe ich zwei Päckchen auf dem Laufband liegen. Mein ökologisches Gewissen ist zwar reichlich angeknackst, als ich diese Plastikumhüllungen sehe, in denen sich die Liebesäpfel befinden, aber man kann irgendwie nicht immer an allen Fronten kämpfen, tröste ich mich.

„Coeur de pigeon" heißt die Sorte, und angesichts der auf der Verpackung zu allem Überfluss auch noch abgebildeten Turteltäubchen bin ich schon fast wieder geneigt, die Dinger ins Regal zurückzubringen. Es ist für meinen Geschmack schon schlimm genug, dass man Tomaten eine solche Sortenbezeichnung gibt: „Coeur de pigeon", klingt ja an sich bezaubernd, nach vornehmer französischer Delikatesse – aber leider ist mein Französisch so gut, dass ich es auch noch übersetzen kann: „Taubenherz".

Ich bin zwar keine Vegetarierin, aber ich hege eine vehemente Abneigung gegen Innereien jeglicher Art, die mit körperlichen Ekelgefühlen verbunden ist.

Das war schon immer so, wurde aber durch folgendes Erlebnis verstärkt:

Ich erinnere mich noch meiner überbordenden Reaktion, als eine Bekannte vor einigen Jahren in wohlmeinender Absicht zum Mittagessen mit einem großartigen „Tatatataaaaa" den Deckel des Topfes lüftete, der auf der feierlich gedeckten Tafel stand. Der Anblick der ganzen Rinderzunge, die da in einem Meer von gräulicher Soße badete, hat sich mir ins Gedächtnis eingebrannt, und zwar nicht nur ins visuelle: Auch mein Magen hat das Gedenken daran bis heute noch lebendig gehalten, und meine heutige Reaktion auf das Wort „Rinderzunge" spielt sich in nahezu allen Körperregionen ab.

Und irgendwie muss ich mich jetzt in diesem Moment daran erinnern. Da erscheinen die „Taubenherzen" noch mal in einem ganz anderen Licht.

Jäh werde ich durch ein lautes „Flatsch" aus meinen Gedanken gerissen: Eben jene Tomaten haben sich soeben vom Laufband verabschiedet, und dank der von mir ja schon als ökologisch bedenklich eingestuften Plastikumverpackung, die noch nicht einmal richtig schließt, verlassen die in etwa 23 Vertreter der Sorte ihre Umhüllung und kullern eifrig zu meinen Füßen umher, um dann in einem Radius von 3,5 m um mich herum schön verteilt liegen zu bleiben.

Aufgrund meiner vorherigen Gedankengänge erwarte ich jetzt irgendwie, dass Blut spritzt. Das tut es natürlich nicht, aber ich habe jetzt auch so schon genug damit zu tun, die Herzchen unter Zeitdruck wieder einzusammeln, denn ich bin die nächste an der Kasse. Da möchte ich nicht auch noch zusätzlich nach einem Wischmopp fragen müssen.

Weil ich selbst anderen Menschen gegenüber immer sehr hilfsbereit in solchen Situationen bin, erwarte ich dummerweise, dass zumindest die Dame hinter mir sich anstandshalber wenigstens eine Tomate schnappt und mir die Frucht darreicht. Aber weit gefehlt: Sie wendet zunächst mit einer ganz plötzlichen, unauffälligen 180°-Drehung ihres

Kopfes ihren Blick ab, dann beobachtet sie mich da unten auf dem Boden, während ich noch halb unter meinen Einkaufswagen kriechen muss, um nur ja auch noch an die letzte Tomate zu gelangen. Die würde sonst nämlich unter Garantie zum Opfer irgendeines Einkaufswagenrades oder eines beschuhten – womöglich meines - Fußes werden. Während ihrer akribischen Beobachtungen wirft die Dame mir wohlmeinend zu: „Das ist mir auch schon passiert! Die Deckel sitzen da so lose drauf."

Ach? Toll! Genauso gut hätte sie mir jetzt von den wunderschönen Laubsägearbeiten ihres Onkels väterlicherseits erzählen können, das wäre in etwa genauso hilfreich gewesen.

Ich halte mal wieder den ganzen Betrieb auf, aber wenn man mir geholfen hätte, wäre dieser Stau nicht entstanden! Ich hechte zur Kassiererin, und die bietet mir an, weil sie so nett und kundenfreundlich ist, ich solle mir doch eine neue Packung Taubenherzen besorgen und die heruntergefallenen einfach bei ihr abgeben. Oh nein, das kommt ja gar nicht in Frage. Wenn ich mit diesem einen Paket schon solche Horrorgeschichten erlebe, wer weiß, was mit einem neuen Päckchen passiert?

11. Die Rache des Präsentators

Lavinia und ich betreten den Supermarkt, und ich sehe es sofort: Da steht normalerweise kein Stand mit Schirmchen und Bistrotisch. Da steht auch sonst kein beschnäuzter Herr im weißen Kittel, der irgendwas verkaufen will und nur auf die Hausfrau von heute wartet. Warum sonst sollte er geschickt platziert gegenüber der Milch stehen, an der jeder vorbei muss? „Lavinia! Nein, guck doch mal", flüstere ich meiner Freundin zu, die mich auch schon mit größtem Vergnügen zu dem Herrn hinschiebt, weil sie genau weiß, dass ich das nicht leiden kann, das aber eine geniale Geschichte wird.

„GUTEN Morgen, die Dame! WUSSTEN SIE, dass ACHTZIG Prozent des Balsamico-Essigs blablabla...", werde ich auch schon Opfer des geschulten Menschen. „Öh, nein", ist alles, was mir einfällt.

„Wir sind ein Traditionsunternehmen, das OHNE Konservierungsstoffe blablabla...", fährt er fort, langt mit seiner linken Hand gekonnt hinter sich und ergreift eine Pipette, ohne seinen Monolog zu unterbrechen. Ich fühle mich direkt wie ein Versuchskaninchen im Labor. „Geben Sie mir mal Ihren Handrücken", fordert er mich auf. Peinlicherweise gehorche ich, irgendwie fasziniert von dieser absonderlichen Situation, lege mir zwar mit meiner noch funktionierenden Gehirnhälfte schon ablehnende Formulierungen zurecht, bin aber nicht schnell genug.

Ha, Überrumpelungstaktik gelungen: *fhhhtrzs*, habe ich einen Klecks Balsamico-Essig des Traditionsunternehmens auf meiner Hand und muss ihn unter den begutachtenden Blicken des Schnauz-Onkels abschlecken. „Ist nicht scharf, kratzt nicht im Hals, oder?" „Äh, neinnein, ganz angenehm, ja." „Und HIER" – die nächste Pipette kommt auf mich zu – „ein WEISSER..."

48

„Nein, danke." „Bitte?" „Nein, ich möchte nicht, danke." „Och, kommense, das ist gesund!" „Nein, WIRKLICH nicht." Aber mit meiner Ablehnung ist der Herr natürlich noch lange nicht am Ende seiner Tricks angelangt:

Schwupp, mit einer eleganten Drehung – da kommt auch noch der Hähnchenmann und wirft sein locker-flockiges „Mooooogäääääähhhn!" in die Runde, greift nach einem Liter Milch und ist schon wieder weg, bevor ich eine Strategie entwickeln kann, wie ich den Hähnchenmann mit dem Essigherrn zusammenbringen könnte – präsentiert der Präsentator mir auch schon die Balsamico-Flasche. Die linke Hand als Stütze unter der Flasche, die rechte oben am Flaschenhals, damit es repräsentativ und exquisit aussieht: „Nur 3,99! Na, probieren Sie mal!" „Äh, ich überleg' s mir." „Was gibt's denn da zu überlegen? Bei DEM Preis?"

Mein Gott, weg hier! Ich will das alles nicht. „Nein", sage ich, "vielen Dank!"

Puh, energischen Schrittes eile ich hilfesuchend zu zwei Litern Milch und stürze von dannen. Den schnäuzerigen Herrn Präsentator lasse ich nun einfach links liegen, obgleich er mich verbal immer noch nachdrücklich mit seinen Essigvorzügen bedenkt.

Lavinia gackert unterdessen hinter mir her und freut sich unbändig ob dieses außergewöhnlichen Erlebnisses. Hinter der nächsten Ecke platzt der Lachanfall endgültig aus Lavinia und mir heraus. Wir lehnen uns an die Regale mit Schokokeksen und lachen Tränen. Hoffentlich sieht uns hier niemand während dieses ausufernden Lachzusammenbruchs.

Doch unverhofft ereilt mich die Rache des Essigmanns: Ein Hustenreiz, ausgelöst von konservierungsstofffreiem Traditionsbalsamico, der sich irgendwo zwischen meiner Luft- und Speiseröhre befindet, lässt mich plötzlich kaum noch atmen. Das befeuert den Lachanfall natürlich zusätzlich.

Lavinia muss sich wegen der immer absurder werdenden Situation an einem Regal festklammern, während ich nach Luft ringe. Ich rechne schon fast damit, dass der Essigmann mit irgendeiner gezückten Pipette gesundesten Inhaltes zu Hilfe eilt, doch er bringt meinen unüberhörbaren Hustenanfall natürlich nicht mit seinen Pröbchen in Verbindung, sondern verklappt weiterhin sein Gebräu an ahnungslose Kundinnen, wie ich, röchelnd um die Ecke blickend, feststellen muss.

Ich nehme das Ende vorweg: Es gelingt mir für den Rest des Einkaufes nicht, den Hustenreiz loszuwerden. Was schließen wir daraus? Besser doch den Essig mit Konservierungsstoffen kaufen.

12. Das Weißkohl-Drama

Das ist schon so eine Sache mit dem Obst- und Gemüseangebot im Discounter. Der harte Kern, bestehend aus Tomaten, Äpfeln und Bananen, ist das ganze Jahr über erhältlich. Bei exotischeren Varianten wie unbehandelten Zitronen muss man Glück haben, wenn man sie im Discounter antreffen will. Das ist völlig unberechenbar. Diese Tatsache stört mich aber meistens nicht, da ich weiß, dass dem so ist. Umso erschreckender war der Auftritt eines Herrn älteren Semesters, dessen Zeuge ich mal wieder an der Kasse wurde.

Der Mann lud seine Einkäufe auf das Laufband und fragte die Kassiererin der Nachbarkasse, die gerade erreichbar war – zunächst noch einigermaßen höflich, dennoch so laut, dass ich aus meinen an der Kasse üblichen Tagträumereien gerissen wurde –, wo denn der Weißkohl sei.

Die arme Frau, die mir schon immer ob ihrer überbordenden Freundlichkeit aufgefallen war, erklärte ruhig und freundlich, dass es im Moment keinen Weißkohl gebe. Langmütig legte sie dar, wie es sich im Discounter mit dem ständig wechselnden Angebot im Obst- und Gemüsebereich verhält. Diese ausführliche Antwort stieß auf das vehemente Unverständnis des Kunden, der seinem Unmut lautstark Ausdruck verlieh: „Das kann doch nicht sein, dass Sie keinen Weißkohl haben!"

Die Kassiererin antwortete in bewundernswerter Gelassenheit einen wie auswendig gelernten Satz: „Es tut mir leid, wenn wir Sie nicht zufrieden stellen können, aber dann müssen Sie in einen anderen Supermarkt gehen." Sämtliche entbotene Freundlichkeit schien den Kunden nicht besänftigen zu können, denn verbiestert gab er zurück: „Nein, das KANN nicht sein! Alles andere ist ja egal, aber WEIßKOHL muss IMMER da sein."

Er bezahlte, packte seinen weißkohllosen Einkauf zusammen und verließ – wahrscheinlich immer noch in seinen nicht vorhandenen Bart murmelnd – das Geschäft. Wie wäre es, wenn ich im Gegenzug mal behauptete: „Also, bitte, Karnevalskostüme müssen ja wohl IMMER da sein."

13. IKEA – die Herausforderung

Nein, ich bin kein IKEA-Junkie. Meine Besuche lassen sich tatsächlich an einer Hand abzählen. Und diese haben auch jeweils in fachkundiger Begleitung, hauptsächlich durch Lavinia, stattgefunden. Letzten Montag nun hat die Familie ein Experiment beschlossen: Da die Tochter eine neue Kommode braucht, muss die einstündige Fahrt ins benachbarte Ausland nun wohl wirklich sein.

Von der Autobahn aus ist das riesige „Schild" schon gut zu erkennen, so dass man die Ausfahrt nicht verpassen kann. Das ist schon mal idiotensicher geregelt. Sehr gut. Einen Parkplatz zu finden, ist auch sehr leicht, denn das Unternehmen muss offensichtlich mit der Einwohnerzahl eines durchschnittlichen europäischen Staates an Kunden rechnen, die zur selben Zeit hier einkaufen wollen. Zielstrebig hole ich einen Einkaufswagen (Das ist doch normal, oder?) und wir gehen auf den Eingang zu, der deutlich als solcher deklariert ist. Da kann doch jetzt nichts schief gehen, obwohl mein Mann sich in absurden Theorien darüber ergeht, wie man sich jetzt innendrin richtig verhält, da wir zusammen alleine noch nie einen IKEA betreten haben. „Aber", witzelt er noch mit unüberhörbarem Unterton, „du kennst dich ja aus."

Wir gehen durch die riesige Drehtür und stehen relativ unvermittelt vor einer TREPPE. Ja, genau, ich mit Einkaufswagen in der Hand vor der TREPPE. Mein Mann bekommt schon da einen Lachanfall. Ich bin reichlich verdutzt, und noch bevor ich etwas unternehmen kann, spricht mich eine Frau, die womöglich für solche Fälle dort drapiert ist, in rasend schnellem Französisch an. Ich verstehe nur „ne...pas". Weil mein Gehirn noch mit der Treppensituation überfordert ist, kann ich jetzt nicht auch noch Französisch verstehen. Ich antworte: „Ah, oui?" Daraufhin nimmt mir die nette Dame den Einkaufswagen beherzt ab und stellt ihn zu den anderen. „Äh, ähm, merci".

Die anderen Einkaufswagen stehen wahrscheinlich da, weil schon andere dumme Kunden mit Einkaufswagen hineingefahren sind und sich zum Gespött aller anderen versierten Einkäufer gemacht haben. Wie peinlich! Nun ja. Tun wir mal so, als sei nichts gewesen und gehen selbstbewusst die Treppe hoch.

Oben angekommen erblicke ich als erstes zwei ältere Nonnen, die einen EINKAUFSWAGEN durch die

Etage schieben. Das kann doch wohl nicht wahr sein. Ich bin doch auch katholisch! Oder bin ich noch zu jung? Da! Eine Muslimin, auch mit Einkaufswagen. OK, an der Religion kann es nicht liegen. Oder dürfen nur Leute, denen man die Religiosität ansieht, einen Einkaufswagen fahren? Ich verstehe es nicht. Egal. Da liegen die gelben Taschen, ich glaube, die kann man auch nehmen, wenn man „Kleinkram" einpacken will. Dann machen wir das doch mal. Und da! An die 10-cm-Bleistifte aus dem Spender und die Zettel kann ich mich auch erinnern. Greifen wir also direkt zu, wer weiß, ob man die weiter drinnen noch mal bekommt. Denn die Kommode, die Kommode! Da muss man doch was aufschreiben, wenn man die nachher im Lager suchen finden will.

Der Gang durch die obere Etage ist zunächst reichlich unspektakulär. Doch da: „MAAMAAA! DA, guck doch mal, die Hundepopos!" Mein Sohn hat sich zu Wort gemeldet, um auf die Kleiderhaken in Hundehinterteil-mit-aufgerichteter-Rute-Form aufmerksam zu machen. Stimmt, die sind wirklich lustig. Also wollen wir mal nicht so sein und packen zwei schwarze Hundepopos in die Einkaufstasche. Irgendwann sind wir nach Befolgung der akribisch ausgeleuchteten Pfeile, die die Richtung angeben, bei den Kommoden angelangt. „MALM" (so ein schöner Name) wird auch sehr schnell gefunden. Es gibt sie in verschiedenen Größen, mit 3 und 4 Schubladen. Wir schreiben mal beides fein säuberlich in die dafür vorgesehenen Spalten. Und da bin ich wirklich genau und kontrolliere mehrfach, ob ich die gefühlt 30stellige Nummer, den Namen und die Lagebeschreibung mit den Angaben „allée" und „place" richtig ausgefüllt habe. Nicht dass man da hinterher in der falschen „allée" sitzt – nicht auszudenken. Man würde seines Lebens nicht mehr froh werden.

Es geht weiter durch die Küchenabteilung. Ich muss zugeben, wirklich hübsch drapiert das Ganze. Retro und Vintage mag ich sehr gern, also sprechen mich die rustikalen Arrangements sehr an. Geistig male ich mir schon aus, wie es wohl aussähe, wenn ich meine ganze Küche... STOP! NEIN! Jetzt ist aber Schluss! Wir haben eine schöne Küche, wirklich. Manchmal gehe ich in den Garten, wenn es draußen schon dunkel ist, und schaue mir bei innen brennendem Licht meine Küche aus dem Garten heraus durch das Fenster an. Da sieht die Situation immer noch mal anders aus. Ich bin dann immer ganz begeistert. Wenn man drinnen sitzt, wirkt das natürlich nie so, aber an diese „Fremderfahrungs-momente" muss ich mich jetzt erinnern, sonst falle ich auch noch auf diese billigen Werbetricks rein. Das geht ja gar nicht. Tief durchatmen, an die eigene, wunderschöne Küche denken und weiter geht's durch Badematten und Duftkerzen.

Und schon sind wir in der Kinderabteilung gelandet. Meine Tochter begutachtet unter mehrfachem „Oooooh" und „MAMA! Guck doch mal, wie SÜSS!" die verschiedenen Stofftiere. Vor allem Hunde: Golden Retriever, die aber alle einen merkwürdigen „Gorilla-Hubbel" auf dem Kopf haben, und Berner-Sennen-Hunde. Daneben auch Haie, die aber ein komisch verformtes Doppelkinn aufweisen. Den Kindern ist es aber vermutlich egal. Weich sind sie ja. Das muss ich nach ausgiebigem Testverfahren zugeben. Wir schleichen um die Ecke und - BÄM! - da ist das Paradies auch schon zu

58

Ende, und man findet sich völlig unvermittelt in einem Cafeteria-Bereich wieder.

Einigermaßen überrumpelt stehen wir vor diesem neuen, plötzlich auftretenden Universum. Glücklicherweise steht direkt zur Linken eine einladende Sitzgruppe, in die wir uns alle verkriechen, um die Lage einzuschätzen. Es duftet nach Köttbullar (rede ich mir ein), Kaffee und verbrauchter Luft. Menschen fahren mit Rollatoren von links nach rechts - Moment: mit Rollatoren? Äh, was sind das für Geräte? Ja, im ersten Moment sehen sie tatsächlich aus wie Rollatoren, sind aber keine, sie haben merkwürdige Gestänge und Halterungsapparaturen. - Aha! Da soll man wohl ein Tablett, oder mehrere, drauf abstellen. So wie ein Geschirrabräumwagen – nur eben in der praktischen Fahr-Variante. Meine Güte. Und warum gehen die Rollatoren-Menschen mit leeren Pappbechern an den Kaffee-Automat? Ist der Kaffee hier etwa gratis?

Erneut stelle ich fest: Was ist man doch aufgeschmissen, wenn man hier keine offizielle

Einweisung erhält. Und vor Allem: Warum wissen die anderen Leute alle, wie man sich hier richtig verhält? Das sieht so selbstverständlich aus, als wenn sie das jeden Tag machten. Woher wissen die das alle?

Hat der erste IKEA-Kunde auf der Welt sich auch so dämlich angestellt wie wir? Oder hat der eine persönliche Einweisung von Herrn IKEA persönlich bekommen, mit dem Auftrag, das erlernte Geheimwissen an einen erlauchten Kreis weiterzugeben, an dem ich niemals teilhaben werde? Fragen über Fragen.

Nun ja, angesichts der kilometerlangen Schlange an der Kasse und der sonstigen Unsicherheiten beschließen wir, ins Erdgeschoss zu gehen. Dort unten – man höre und staune – stehen zu Beginn des Parcours, sehr einladend drapiert, Einkaufswagen! NÖ! JETZT will ich auch keinen mehr! Ich lasse mir doch hier nicht vorschreiben, wann ich einen Einkaufswagen zu benutzen habe und wann nicht! Soweit kommt das noch.

Wir gehen durch eine neuerliche Geruchs-bombardierung durch meterhoch arrangierte Duftkerzen, die eine Nummer größer sind als die, die uns vorher schon begegneten. So ganz nach dem Motto: Also JETZT wollen Sie doch bestimmt eine Duftkerze kaufen, nachdem wir sie ganz unauffällig immer mal wieder mit „Erdbeere" und „Vanille" konfrontiert haben? Aber nein! Ich bleibe standhaft!

Doch hinter der nächsten Ecke werde ich eiskalt erwischt: Pflanzen! Ich gebe offen zu, das ist meine Schwachstelle. Aber ganz gewaltig. Überall, wo es passt, habe ich im Haus Pflanzen verteilt: Papyrus, absurde Sukkulenten oder Zitrusgewächse: Je exotischer, desto besser. Die ersten Meter kann ich noch relativ unberührt durch Drachenbäume gehen. Aber dann begrüßen mich meterhohe Maranten. Eine Augenweide für jeden Pflanzenfreund, lila-grüne Schattengewächse, die abends zum Schlafengehen ihre farbenprächtigen Blätter zusammenklappen. Ich bin völlig platt ob der Schönheit der hier angebotenen Gewächse und traue mich gar nicht, nach dem Preis zu schauen. Die

Dinger sind mindestens 40 Euro wert. Ich wage es dann doch, und verstohlen linse ich nach dem Preisschild: 9,95€.

Wie bitte? Ich habe mich bestimmt verguckt und ziehe meine Tochter zu Rate, sie möge sich doch auch noch mal den Preis anschauen. Und tatsächlich: Sie bestätigt.

Da ist es ja wohl keine Frage, allen guten Vorsätzen zum Trotz, so ein gigantisches Gerät mit nach Hause zu nehmen. „Wohin soll die denn?" höre ich meinen Mann schon im Geiste fragen, aber da ich jetzt keine Antwort auf diese Frage habe, schiebe ich sie elegant beiseite. Da findet sich schon eine Stelle! Hat bisher auch immer geklappt. Ich packe also das schönste Exemplar und drücke meiner Tochter den gelben IKEA-Sack in den Arm.

Wie zufällig beginnt um die nächste Ecke herum der Lagerbereich, und dort stehen noch einmal Einkaufswagen. Aber nicht die „normalen", sondern die tiefen. Kommt ja, wie gerufen, denke ich, und ich versuche, einen aus der Halterung zu ziehen. Der hat sich aber leider mit seinem Nachfolger, der automatisch ausgespuckt werden will, derart verkeilt, dass meine Tochter und ich alles aus der Hand legen müssen, um in kraftraubender Aktion zu versuchen, die beiden Wagen voneinander zu trennen. Wie wir auch ziehen und zerren, es funktioniert nicht. Zu allem Überfluss haben wir jetzt auch noch Publikum: Ein Herr bleibt stehen und schaut sich ungerührt das Prozedere an. Aber glauben Sie ja nicht, dass er irgendeine Form von Hilfe angeboten hätte. Nun ja, ich kann es ihm nicht verdenken, wahrscheinlich hatte er Angst, dass ich „#metoo" brülle. Da muss man heutzutage ja vorsichtig sein.

Egal, jetzt muss eine andere Lösung her. Das funktioniert so nicht. Ich schiebe also die beiden ineinander verkeilten Dinger beiseite, nehme einen nahezu jungfräulichen Wagen aus der Halterung, und wir positionieren Tasche und Pflanze möglichst so, dass sie sich nicht gegenseitig vom Wagen herabschmeißen. Geschafft!

Jetzt „MALM" suchen. Allée 4, place 0. So war es doch, oder? Noch mal schnell auf den Notizzettel gucken. Alles richtig. Ich schaue mich um, und in einigen Metern Höhe sehe ich ein Schild, das besagt dass wir uns in allée 0 befinden. (Wieso gibt es eigentlich eine allée „0"? Gibt es dann vielleicht auch eine „-1"?) Aber halt, für solch philosophische Fragestellungen bleibt jetzt keine Zeit, wir müssen diese Kommode finden.

Das wird ja hier wohl hoffentlich systematisch angeordnet sein, also gehen wir mal schnurstracks dahin, wo andere „Alleen" beginnen. Und siehe da: Da ist die 3, und – voilà – da ist die 4. Klappt doch wunderbar! Wir betreten die allée, und direkt zu Beginn ist auf der linken Seite „Malm" aufgebaut. Ja, schön, aber dieses Anschauungsmaterial braucht ja jetzt keiner, wir kennen das Ding. Wir suchen die verpackte Variante. Gleich dahinter ist „place 4". Häh? Moment mal, wo ist denn „place 0", wenn es hier quasi mit „place 4" beginnt? Wir gehen die allée entlang und finden eine wunderbare Reihenfolge, ausgehend von der 4: 4, 5, 6, 7, usw.

Alles da, aber nicht die „0". Natürlich! Wäre doch zu schön, wenn es einfach wäre! Was soll denn das? Wir gehen die allée auf und ab: keine „0" zu finden. Das darf doch nicht wahr sein! Warum war das jetzt wieder klar? Einigermaßen entnervt beginnen wir also nochmal von vorne: Wir versichern uns, in der richtigen allée zu sein, dann schauen wir auf der linken Seite nach den Nummern: Es beginnt tatsächlich erst mit der 4. Unfassbar. Für wie blöd halten die mich hier? Also bitte, ich habe studiert! Ich kann die Zahlen! Immer noch keine „0" zu sehen.

Nach kurzem ungläubigen Verdauen der absurden Situation beschließen meine Tochter und ich dann, die 3-Schubladen-Variante zu suchen. „Die mit den 4 Schubladen ist eh zu groß", versuche ich meine Tochter noch zu beruhigen, deren Gesichtsausdruck aber zu verstehen gibt, dass sie dieses Argument nicht so wirklich überzeugt. Aber es nutzt ja nichts. Soll ich hier ewig nach einer 0 suchen, die es nicht gibt?

Also suchen wir jetzt die „allée 0". (Ob das besser wird?) Die wird ja wohl zu Beginn dieses Theaters sein. Wir gehen also zurück zum Anfang, in die erste allée, die doch dann eigentlich die 0. allée sein muss, und ich schaue rechts im Regal nach der entsprechenden Nummer, finde aber natürlich kein „Malm".

„Mama, das hier ist allée 1", sagt die Tochter. Wieso ist das hier rechts allée 1? Fängt man hier in Belgien etwa nicht systematisch mit Zählen an? Und da sehe ich es auch. OH! Allée 0 befindet sich im Mittelgang, zwischen allée 1 und allée 2, sagt ein rotes Schild in etwa 10 Metern Höhe. Natürlich! Da hätte ich doch auch mal selbst drauf kommen können. Also gut.

Allée 0 ist offensichtlich etwas, das behelfsmäßig dazwischengewurschtelt wurde. Wir folgen also dem Mittelgang. Das ist nicht so einfach, denn dieser Mittelgang erstreckt sich durch den gesamten Lagerbereich. Mein Mann und unser Sohn sind unterdessen zu den viel attraktiveren Hot-Dogs verschwunden. Ich kann es ihnen nicht verübeln, da wäre ich jetzt auch gern.

66

Nach einer Odyssee – ich rechne schon damit, dass die entsprechende Lagernummer von „3-Schubladen-Malm" draußen auf dem Parkplatz und damit nichtexistent ist – werden wir dann doch noch fündig. Wirklich? Schnell die Nummer abgleichen, aber tatsächlich: Halleluja! Es grenzt an ein Wunder! Sofort das Ding auf den Wagen wuchten, wer weiß, was noch passiert, wenn wir jetzt zu lange warten.

Doch dazu müssen wir erstmal wieder die gelbe IKEA-Tasche und die Klappmarante vom Wagen nehmen. Alles also auf den Boden, das schwere Kommodenteil auf den Wagen hieven, und dann die Marante nebst Tasche wieder obendrauf. Puh! Ich. Kann. Nicht. Mehr. War es das jetzt wirklich?

Jetzt aber wirklich ab zur Kasse. Ich erspare Ihnen jetzt das Drama des Aufs-Band-Räumens, das aber relativ problemlos von Statten ging.

Erstaunlicherweise klappt auch das Bezahlen problemlos – hier hätte ich ja auch noch mit EC-Karten-Unverträglichkeiten oder sonstigen Hindernissen gerechnet. Wir sammeln Papa und Sohn bei den Hot-Dogs ein und können erleichtert nach Hause fahren.

Und allen Erwartungen zum Trotz: Die Marante klappt auch hier zu Hause abends ihre Blätter ein.

14. An der Kasse

Keine Schlange an der Discounterkasse, ein seltener Ausnahmezustand. Ich schiebe meinen Wagen gedankenverloren bis kurz vor dieselbe, da fällt mir plötzlich ein, dass ich Käse vergessen habe. Ach, eben Käse holen, das geht ja flott, denke ich, und lasse den Wagen da kurz vor der Kasse stehen, sprinte zum Käse, greife schnell zwei Packungen und eile zum Wagen zurück. Doch zwischenzeitlich hat sich an der Kasse natürlich, wie um mich zu ärgern, eine Schlange gebildet, und mein Wagen steht auf einmal da, als hätte ich ihn ans Ende dieser Schlange gestellt. Von links hat sich ein Herr meiner Altersklasse an den Wagen vor mir angestellt, so dass er neben meinem Wagen steht.

Da ich bedeutend mehr im Wagen habe als er und ja auch ursprünglich gar nicht anstand, sage ich zu ihm: „Bitte, gehen Sie vor." „Aber Sie haben doch da geparkt", antwortet er höflich. „Ach was, Sie haben doch viel weniger als ich im Wagen, also gehen Sie schon." Als er immer noch unschlüssig ist und es mir mittlerweile unangenehm wäre, wenn er hinter mir an der Kasse stünde und mich genau beobachten könnte (denn das würde er tun, so, wie ich die Situation einschätze), sage ich lachend: „Das fehlt ja jetzt noch, dass wir uns streiten, wer wen vorlässt." Da muss er sich geschlagen geben und geht vor.

Keine Minute später sagt er unüberhörbar für die beiden Damen vor ihm zu mir: „Das ist ja immer schlimm mit den Hausfrauen, die zicken immer rum, damit sie vorgehen dürfen!" Oha, ganz schön weit aus dem Fenster gelehnt, denke ich, woher willst du denn wissen, dass ich keine Hausfrau bin? Die beiden Damen vorne drehen simultan den Kopf und verziehen das Gesicht angesichts dieser harschen Verunglimpfung der eigenen Zunft. „Oder mit den Mamis…", geht es weiter, „die noch in den

Kindergarten müssen, um ihre Kinder pünktlich abzuholen." Holla, dieses Mal traf es mich auch. Ob ich ihm jetzt erzähle, dass ich ja glücklicherweise noch eine halbe Stunde Zeit habe, bis ich meinen Sohn aus dem Kindergarten hole? Nein, besser ich rede nicht zuviel, ich weiß nämlich nicht so genau, welche Absichten der Herr hegt.

Ganz unauffällig fahre ich mit meiner linken Hand durch mein Haar, in der Hoffnung dass der Ehering aufblitzt, und sage nur: „Tja, manchmal ist man halt im Zeitdruck."

Ding-Dong!: „Verehrte Kunden, wir öffnen Kasse drei für Sie", ertönt es aus dem Lautsprecher, und die mittlerweile sehr lange Schlange hinter mir löst sich in rasendem Tempo auf, um sich an Kasse drei wieder neu zu arrangieren. Mist, Mist, Mist! Ich war nicht schnell genug. Jetzt lohnt es sich für mich natürlich nicht mehr. An Kasse drei müsste ich bedeutend länger anstehen als hier. Der Affront dem Herrn gegenüber wäre überdeutlich.

70

Also bleibe ich wider Willen stehen und höre mir noch an: „Das ist ja was, was mich an dem Job hier totaaaaal nerven würde", beugt sich der Herr wieder zu mir, „da haste dir gerade ne Kippe angezündet und nippst am Kaffee, da kannste schon wieder zur Kasse rennen und kassieren gehen." "Jaha, genau", bringe ich genervt hervor, und mein unverhofftes Glück ist, dass der Herr schon bezahlen muss und den Laden mit einem „Tschüssi!" verlässt. Gestern stand ich hinter Lavinia an Kasse 1, Kasse 3 war auch geöffnet. Ich unterhalte mich mit Lavinia, als mir auffällt, dass es wesentlich schneller gehen würde, wenn ich mich doch gerade an Kasse 3 anstellen würde. Mit den Worten "Ich gehe mal zur anderen Kasse, ich glaube, das geht schneller", wuchte ich also mit aller Gewalt meinen vollen Einkaufswagen herum und setze zum Sprint an, als das Unvermeidliche passiert: "Liebe Kunden, Kasse drei schließt!" War ja klar.

15. Psychotherapie an der Tiefkühltheke

Ich finde Einkaufen ja im Grunde anstrengend. Irgendwann im letzten Jahr habe ich mit meiner Freundin Lavinia, der es genauso geht, beschlossen, dass es ja viel lustiger ist, wenn wir das zu zweit abhandeln. Nebenbei ist das auch noch umweltfreundlich, denn so brauchen wir für zwei Familieneinkäufe nur ein Auto, und wir haben genügend Gelegenheiten, die wichtigsten Neuigkeiten auszutauschen, denn nach erfolgreicher Bewältigung dieses Einkaufs-Marathons haben wir uns wirklich eine Tasse Kaffee in der Bäckerei um die Ecke verdient.

Dieses Konzept hat sich bewährt, und so ist der Samstagvormittag als Shopping-Date seit Monaten fest im Terminplan integriert, und nur in absoluten Notfällen wird umdisponiert.

Wir haben da einen grob festgelegten Plan: Meistens geht es zuerst in den Discounter, dann – für die Dinge, die man da nicht bekommt – in den etwas teureren Supermarkt. Wir machen das ja auch nicht alleine so: Meistens trifft man die Leute, die vor oder hinter einem an der Discounter-Kasse standen, zehn Minuten später an den Kartoffeln im anderen Supermarkt wieder.

Ich muss aber zugeben, dass die Kondition schon nachlässt, je länger der Einkauf dauert. Geht man in den Discounter noch völlig locker und beschwingt hinein, ist das persönliche Spiegelbild beim Betreten des Konkurrenzsupermarktes doch schon mehr oder weniger stark lädiert. Die Körperhaltung ist von der Einkaufswagenschieberei deutlich krummer geworden, die ersten Strähnen haben sich aus der Frisur gelöst, das Make-up ein wenig verwischt.

Ich habe ja mal den Fehler gemacht, Schuhe mit zu hohem Absatz zum Einkaufen anzuziehen. Eigentlich ist das nicht problematisch, denn beim Einkaufen bewege ich mich doch in der Regel relativ zügig voran und bleibe nur hier und da vielleicht mal etwas länger stehen, um die Zutatenliste eines Produktes zu studieren. Schwierig wird es nur, wenn ich lange auf den Absätzchen stehen muss, aber das passiert beim Einkaufen ja nun eigentlich nicht. Aber von wegen! Ich musste feststellen: Man muss nur die richtigen Leute treffen.

Völlig ahnungslos stehe ich an der meterlangen Tiefkühlgeraden und versuche, mich zwischen gewellten und gerade geschnittenen Pommes frites zu entscheiden, als mich eine Bekannte entdeckt. Die Kroketten werden Zeugen, wie wir uns umarmen und ich versuche, das Gespräch auf Smalltalk-Ebene zu halten – immerhin bin ich hier, um einzukaufen, das ist schon anstrengend genug, und ich habe doch gerade erst die Hälfte des Discounters durchquert. Es gelingt mir aber nicht, denn Adelheid erkundigt sich lautstark nach den Verdauungsproblemen meines Sohnes und hält mir unangemeldet und unaufgefordert einen Vortrag über psychotherapeutische Möglichkeiten. Während sie mir in derselben Lautstärke ausführlichst entfernt vergleichbare Beispiele aus ihrem Bekanntenkreis schildert, ertrage ich die neugierigen Blicke sich vorbeischlängelnder Einkäuferinnen, stakse mit meinen Absätzen von einem Bein aufs andere, reibe mir den allmählich schmerzenden Rücken, nicke zustimmend und werfe hin und wieder als

74

Minimalbeitrag zu einem Dialog ein loriotsches „Ahja", oder „Daran habe ich ja noch gar nicht gedacht", in ihren Monolog.

Ich habe jetzt einfach keinen Sinn für so was. Multitasking hin oder her, mein Gehirn ist auf „Einkaufsmodus" geschaltet und weigert sich beharrlich, sich auf tiefgehende Gespräche einzulassen. Warum auch? Das ist nun wirklich nicht der Rahmen für so was. Ich bevorzuge da ein persönlicheres Ambiente, bei dem ich auch sichergehen kann, dass sich nicht irgendwelche flüchtigen Bekannten hinter den Salzstangen verstecken und heimlich mitstenographieren.

Ich schiebe sowohl Adelheids als auch meinen Einkaufswagen alle dreißig Sekunden von links nach rechts und wieder zurück, denn wir blockieren die Kroketten und andere heiß begehrte Tiefkühlprodukte, aber das interessiert Adelheid nicht weiter, und ich bekomme weitere ungebetene pädagogische Tipps.

Kaffee wäre jetzt nicht schlecht, denke ich und stelle mir vor, dass es doch nett wäre, wenn man hier im Discounter für solche unglücklichen Zusammentreffen wenigstens eine kleine gemütliche Plauschecke mit Kaffeeautomat und Sitzgelegenheit hätte. Das würde auch meinen Rücken freuen. Vielleicht nicht gerade beim Tiefkühlgemüse, aber da würde sich sicher ein Eckchen finden.

Nebenbei hätte das sicher noch den Effekt, dass man die zweite Hälfte des Einkaufs dann wesentlich gelassener angehen könnte und sich, frisch gestärkt und ausgeruht, mit neuer Konzentration den verschiedenen Produkten widmen könnte, die da noch warten. Denn ganz ehrlich, wenn ich da so eine Psychotherapie an der Tiefkühltruhe hinter mir habe, bin ich so ausgelaugt, dass ich mich nicht mehr so recht konzentrieren kann und dann vor lauter Überforderung nur noch die Hälfte dessen, was ich eigentlich noch kaufen muss, mitnehme.

16. Gemüse-Brecht

Ich schlendere gemütlich am Gemüse vorbei, als ich eine erboste Frauenstimme höre: „Hast DU die Gurken hier in den Wagen getan?" „Ja, sicher, wir brauchen doch Gurken", antwortet ein dazugehöriger Mann verdutzt. „Lässt du das jetzt mal?" Sie bringt die Gurken genervt wieder zurück ins Gurkenregal, schaut auf ihrem Din-A4-Einkaufszettel nach, nimmt dann die dort offensichtlich aufgelistete Anzahl an Gurken und befördert sie in den Einkaufswagen.

Ihr Mann (oder was auch immer) schaut sich das Schauspiel ungläubig an: „Sach mal, was soll denn das? Warum bringst du die Gurken denn jetzt wieder zurück? Und holst NEUE?"

Oho, das wird interessant und verspricht eine gute Geschichte: Ich stelle meinen Einkaufswagen an die Seite und studiere überaus gründlich das Gemüseangebot, natürlich ganz zufällig in der Nähe der Herrschaften.

„Ja", sagt sie, „ ich muss das hier auf dem Zettel alles der Reihe nach abarbeiten, sonst komme ich durcheinander." „Bittesehr! Dann hole ich jetzt die Möhren." „NEIN!" „Was?" „Nein, DU holst keine Möhren." „Warum?" „Ich habe dir doch eben erklärt, dass ich alles auf dem Einkaufszettel der Reihe nach durchgehen muss. Du KANNST jetzt keine Möhren holen."

„Sach mir doch einfach, wie viele." „Nein, ich mach' das selber." „Och, jetzt komm, sonst sind wir heute Abend noch hier!" „NEIN!!! Ich komm' sonst durcheinander", blökt sie unter Aufbietung aller weiblicher Autorität (zumindest versucht sie es).

Und ob dieses Ausbruches geschieht es doch wahrhaftig: Er gibt auf. Ja: ER gibt auf. Sein Gesichtsausdruck erstarrt augenblicklich, die Körperhaltung wird kartoffelsackartig. Ganz klar: Sie hat gewonnen. Der arme Mann. Plötzlich fühle mich schlecht, da ich diese traurige Szenerie beobachtet habe. Er tut mir richtig Leid, der Mann. Aber ich kann ja jetzt schlecht hingehen und irgendwas Tröstendes sagen. Sie packt weiter ihr

78

Gemüse, der männliche Kartoffelsack steht derweil felsenfest an seinem Platz und rührt sich nicht.

Öhem, wie unangenehm! Ich schaue mir zum dreiundzwanzigsten Mal die Möhren in ihrer Plastikverpackung an und – ja, ich glaube, jetzt muss ich gehen. Ich gehe an die Kasse. Mir fällt jetzt auch nichts mehr ein. Der Stimmung ist dahin. Ich kann nur an Brecht erinnern: „Der Vorhang zu und alle Fragen offen."

17. Sonderangebot

Eine besondere Fiesigkeit in Punkto Sonderangebot begegnete mir vor Jahren, ganz harmlos anmutend, am helllichten Tag auf der Straße. Bäckereien und andere Einzelhandelsbetriebe, besonders wenn sie alteingesessen und noch nicht von Großunternehmen geschluckt worden sind, machen ja gern mit besonderer Werbung auf Tafeln vor der Eingangstür auf sich aufmerksam.

Großer Beliebtheit erfreuen sich dabei Rabatte nach dem Motto: „Nimm zwei, zahl drei!"- nein, das fehlt gerade noch, andersherum natürlich. Gerade bei Teilchen bzw. Kaffeestückchen bietet sich so etwas an, meistens wird solches Gebäck ja doch in mehr als einer Ausfertigung für die Kaffeetafel erworben. Umso erfreulicher ist es, wenn man beim Kauf eines zweiten Exemplars dann auch noch sparen kann – da wird einem doch so manche schwierige Entscheidung leicht gemacht.

So stand denn auch auf der Straße vor einer armen, alten, schon etwas heruntergekommenen und offenbar vom Konkurs bedrohten Bäckerei zu lesen: „1 Apfeltasche 99 Cent, zwei für 1,98€". Na, wenn das kein Schnäppchen ist! – liegt einem schon auf der geistigen Zunge, die sich angesichts der verlockenden Apfel-Zimt-Note schon verwässert und die Gehirnzellen gleich mit hinab in den Apfeltaschensumpf zu ziehen droht - aber bitte: Vernunftbegabter Bürger! Schalte deinen Verstand ein und multipliziere 0,99€ mit zwei!

80

Und siehe da: Was für ein Sonderangebot ist das denn? Konnte da jemand nicht rechnen, oder soll man bewusst für dumm verkauft werden? Aber, aber: Es war ja gar nicht von einem günstigen Sonderangebot die Rede. Einen Vorwurf machen kann man der Bäckerei also auch nicht. So wird man zum Opfer seiner eigenen Fantasie.

18. Einkaufen für Katzen – Und das Drama danach

Samstag, Vormittag: Oh Gott, schon elf Uhr! Mir schwant Grauenhaftes, wenn ich daran denke, dass ja bald Mittagessenszeit ist und ich noch immer mitten durch den Supermarkt fahre. Noch schnell zwei Packungen Katzenfutter mitnehmen, dann bin ich fertig hier.

Links, geradeaus und wieder links, und dann stehe ich da, vor diesem gewaltigen Kosmos aus mehreren Metern Tierfutter, der sich da auftut: links über 10 Meter Hundefutter, rechts über genauso lange 10 Meter Katzenfutter. Gut, wir können uns auf die rechte Seite beschränken, Hundefutter ist genug im Haus. Bleiben immer noch 10 Meter. Puh! Dann gehen wir am besten mal systematisch vor.

Aber das ist nicht so einfach, es gibt mehrere Systeme, derer man sich hier bedienen könnte. Whiskas, Kitekat, Felix, Sheba (für die High-Society-Rassenkatze) - und nicht zu vergessen: die Hausmarke - stehen zur Auswahl, wenn man nach der Marke gehen will. Aber wir brauchen ein anderes System, das hier führt zu nichts. Fangen wir doch mal bei einer grundlegenden Frage an: Trockenfutter oder Nassfutter? Doch bevor mein Gehirn bereit ist, mir darauf eine Antwort zu geben, entdecke ich zu meinem Entsetzen Nassfutter in Portionsbeuteln, das man noch mit irgendeiner Form von Crunchy-Käse-Dekor (aus einer extra beiliegenden Tüte) bestreuseln soll – so wie die Zuckerstreusel auf Cupcakes. Ähm, geht's noch? Da kommen mir die sprichwörtlichen armen Kinder in Afrika in den Sinn. Was ist denn das für eine Dekadenz? Was haben die Katzen im 19. Jahrhundert bloß gefressen? Etwa Mäuse?? Und womöglich noch ohne Streusel? Eine Zumutung!

82

Also, Moment, ich schweife ab. Konzentrieren wir uns doch wieder auf das Katzenfutter. Wir brauchen Nassfutter, Trockenfutter ist noch genug da. Damit fallen zum Glück wieder 50% des Angebots weg, die ich nicht beachten muss. Also noch 5 Meter. Weiter im System: Dose oder Tütchen? Hm. Dose fressen die Herrschaften nicht so gern, stinkt außerdem im Kühlschrank. Dann also Tütchen. Aber dieses Müllaufkommen! Ach, es nutzt ja nichts. Jetzt hier vor Ort eine ausführliche Pro-und-Contra-Liste anzufangen, kommt gar nicht in die Tüte. A propos Tüte: Das Katzenfutter! Ach, ja, richtig. Das nächsttiefere Auswahlkriterium in der Systematik: Fleischbrocken in Sauce oder in Gelee?

Im Ernst, wer braucht Fleischbrocken in Sauce? Haben Sie schon mal versucht, dieses Gematsche aus den Tütchen zu bekommen, ohne dass die Hälfte stecken bleibt und Sie dann mit einem Kaffeelöffel versuchen, den Rest herauszubekommen, der dann im Katzenfell landet, weil die Katze sich vor lauter Hunger irgendwie zwischen Tüte und Löffel gemogelt hat? Hinzu kommt ja noch, dass meine Katzen bei Fleischbröckchen in Sauce eine ganz perfide Strategie anwenden: Man stürzt sich voller Begeisterung auf das Futter, die Sauce wird genüsslich abgeschleckt, aber die Bröckchen bleiben als pulvertrockene Überbleibsel in der Schüssel liegen. Der Blick, der mich dann trifft, sagt ungefähr Folgendes aus: „Kannste selber essen, Mama! Und Hunger hab' ich nach dieser mickrigen Saucenmahlzeit auch noch." Also keine Frage: Bröckchen in Gelee.

Und selbst nach diesem systematischen Einschränkungs-Marathon bleibt immer noch genug Auswahl: „Wild Roots" verspricht Verheißungs-volles – damit die Katze sich als Nachfahre von …, ach was rede ich denn, sich selbst als wildes Raubtier fühlen kann. „Wild Roots" gibt es in allerlei Geschmacksrichtungen, darunter auch die Fischvariante „Kabeljau, Seelachs und Lachs". Donnerwetter! Da muss das Mauzilein zu Hause doch ausflippen vor lauter Wildheit!

Vor meinem geistigen Auge sehe ich meine beiden Tigerchen, wie sie sich – mit einem verwegenen Grinsen im Gesicht und riesengroßen Augen – auf

84

die Schüssel stürzen und ihr Glück kaum fassen können, natürlich voller Stolz angesichts dieser nahezu selbst gefangenen Beute aus dem eisigen Polarmeer. Hach, von soviel Kopfkino begeistert, ergreife ich – um dem mittlerweile schon zehn Minuten währenden Auswahlverfahren ein Ende zu bereiten – eine Packung der verheißungsvollen Katzenmahlzeiten, eile zur Kasse, bezahle meinen Einkauf und fahre in freudiger Erwartung nach Hause.

Erwartungsgemäß kommt mir beim Öffnen der Haustür schon die erste überaus hungrige Wildkatze entgegen, die dem Gebaren zufolge seit mindestens drei Wochen auf der Straße gelebt und mindestens ebenso lange nichts gefressen hat.

Unter größten Versprechungen, gleich gebe es etwas GANZ Besonderes, räume ich die Einkäufe ins Haus. Der Labrador mischt sich auch schwanzwedelnd in die Begrüßungsszenerie („Mama, ich hab' dich ja sooo vermisst!"), und da taucht – wie zufällig – auch Miffy, die zweite Katze, auf.

Die Katzen drapieren sich jetzt folgendermaßen: Miffy sitzt auf dem Küchentisch und guckt mich groß an. Maxi war trotz größeren Gewichts schneller und hat den besten Platz, direkt am Futternapf erwischt. (Wenn er könnte, würde er drin sitzen, aber das passt nicht.) Maxis Blick ist ebenso schrecklich wie der von Miffy: Seit gefühlt WOCHEN nichts gefressen!

Mein Gott, denke ich, wenn die das Telefon bedienen könnten, würden sie jetzt in diesem Moment sicher den Tierschutzbund anrufen. Ja, solche Blicke muss ich ertragen! Ich reiße mich zusammen und von diesem Katzenelend los, denn zunächst müssen dringend Einkäufe in Kühlschränke und Tiefkühltruhen gerettet werden.

Währenddessen habe ich ein permanentes Schwanzgewedel um mich herum. „Mamaaaa, ich bin ja soooo froh, dass du nach deiner jahrelangen Abwesenheit endlich wieder da bist", scheint das auszudrücken. Egal, „Hund, lass' mich mal vorbei. Ja, ich freu' mich ja auch." Der Hund fällt um, auf den Rücken. „Mamaaaa, guck doch mal, keiner hat in deiner jahrelangen Abwesenheit meinen Bauch gekrault!" Och, ist ja schon ein Süßer. Ja, na dann will ich mal nicht so sein! Ich stelle eben meine beiden dicken Einkaufstaschen ab und muss kurz mit dem Hund kuscheln.

„Miaaaaaaauuuuuuu!" Das kann doch nicht wahr sein. „Ja, Katzilein, Mama muss nur eben...." Erst noch mal zum Auto und die dritte Tasche holen. Haustür auf, der Hund schwanzwedelnd um mich herum, Kofferklappe auf, Tasche raus. Der Hund schnuppert an der Tasche und lacht mich an. „Jaaaa, da ist Fleisch drin, Schatzilein, was? Das kriegst du aber nicht! Aber Mama hat in der Vorratskammer noch was für dich, ein fieses, stinkendes Stück Rinderkopfhaut." Und da lacht der Hund, das Schwanzwedeln gleicht jetzt einem Hubschrauberpropeller auf Hochtouren.

Kofferraum zu und wieder ins Haus, das Hundilein weicht nicht mehr von meiner Seite. „Miaaaaaaauuuuuuu!" Jaha, Moment, erst den Hund aus dem Weg räumen! Ich hole die versprochene, nach Verwesung stinkende Rinderkopfhautstange mit Fell aus der entsprechenden Dose und überreiche sie dem mittlerweile überaus artigen Hund, der in schönster Position wie bei einem Wettbewerb vor mir sitzt. Und dann darf er mit seiner Beute raus in den Garten.

Puh, der wäre schon mal aus dem Weg. „Miaaaaaaauuuuuuuuu!" Miffy - wo kommt die denn jetzt her? - kreist mittlerweile verbotenerweise im Vorratskämmerchen herum und versteckt sich unterm Regal. Das darf doch nicht wahr sein! „Raus mit dir!" Zum Glück kann ich sie relativ problemlos erfolgreich hinausjagen. Unter schwerwiegenden miauenen Vorwürfen muss ich die Taschen auspacken. Die „Wild Roots" befinden sich in welcher Tasche noch gleich? Hm, oh weia, da fällt mir noch Tiefkühlgemüse in die Hände, das muss ich erstmal einfrieren gehen.

„WUFF, wufffwufffffwufffffffwuffffffff!" Was ist denn jetzt schon wieder? Der Hund kann diese Kaustange doch nicht etwa schon verputzt haben und ins Haus hineinwollen? Entnervt gehe ich an die Terrassentür – ach, nur Nachbars Katze. Egal, ich kann mich hier wirklich nicht um alles kümmern. Weiter geht's: Wurst, Käse - „Miaaaauuuu!" LEUTE! Also bitte. Endlich erscheinen die „Wild Roots" am Boden der letzten Tasche.

Diesen Moment will ich zelebrieren. Langsam öffne ich die Verpackung und schwärme den Katzen vom Polarmeer und Lachsen vor. Wie kleine Kinder bei Omas Märchenstunde sitzen sie mit glitzernden Augen da und lesen mir jedes Wort von der Tüte, Pardon, von den Lippen ab.

Ich reiße verheißungsvoll und in größter Andacht ein Tütchen auf und schütte den Inhalt, der wie von selbst hinausflutscht, ohne dass Reste bleiben, in die Schüssel. Dann schaue ich, beinahe Tränen in den Augen, voller Erwartung zu.

Maxi schnuppert. Maxi schnuppert links in der Schüssel. Maxi guckt mich an. Maxi guckt in die Schüssel. Maxi schnuppert rechts in der Schüssel. Maxi guckt mich an. Maxi verlässt den Futternapf.

BITTE? Ich greife mir Miffy und setzte sie an die vom Kater bösartig verschmähte Mahlzeit. Miffy schnuppert. OH NEIN! NICHT DU AUCH NOCH! Aber dann: Sie frisst! Ein Stein fällt mir vom Herzen, und ich kann mich endlich dem Mittagessen widmen. „WUFF!"

19. Wie man mich dazu bringt, mich schlecht zu fühlen

Samstag, 30.12., mittags um 13 Uhr im Supermarkt. Eigentlich ist relativ wenig los, wenn man bedenkt, dass morgen Silvester und danach mit Neujahr ein freier Tag ansteht. Da kaufen die Leute doch sonst immer für die Apokalypse ein, die mindestens ein halbes Jahr andauert. Macht doch nichts, ich freue mich, dass entgegen meinen Erwartungen nichts ausverkauft ist und ich in Ermangelung unübersehbarer Menschenmassen doch noch beruhigt ohne Panikattacke atmen kann.

Ich bin mit den Kindern unterwegs, die sich im Geschäft verteilt haben und nach eigenem

Gutdünken umherstreunen. Meistens finde ich sie dann irgendwo zwischen Chips und Gummibärchen - oder jetzt, ganz aktuell, in der Silvester-Abteilung.

Trotzdem muss ich mich ein wenig beeilen, denn wir haben noch nichts zu Mittag gegessen und mir ist schon komisch im Magen. Eigentlich bin ich schon beim Katzenfutter, aber plötzlich fällt mir ein, dass ich noch Kakao brauche. Den echten Kakao, der mir während der Weihnachtsbäckerei-Aktionen ausgegangen ist. Steht ja auch auf meinem Einkaufszettel, sehe ich da, also dann, auf dem Absatz umdrehen, den Gang hinunter und neunzig Grad links. Ich gebe zu, ich habe ein ordentliches Tempo drauf, aber dass der ältere Herr da den ganzen Mittelgang braucht, um seinen Einkaufswagen zu drehen, konnte nun wirklich niemand ahnen. Es ruckelt der Einkaufswagen und der Herr beansprucht in aller Seelenruhe einen überdimensionalen Wendekreis, den er in großzügiger Manier ausfährt.

Der fährt sicher einen Automatik-Mercedes, schießt mir durch den Kopf. Er hat aber jetzt hier im

Supermarkt leider keinen Rückspiegel, und ich war auf solcherlei Wendemanöver nicht gefasst, so dass ich mitten in dieses Manöver platze und den Herrn leicht touchiere. „Entschuldigung", sage ich und stolpere davon. „Ja, äh, bitte."

Peng! Das hat gesessen. Oh weia. Jetzt fühle ich mich richtig schlecht. Ist es nicht so, dass man höflicherweise antwortet: „Oh, ist doch nichts passiert, alles in Ordnung." Oder so in der Art? Hätte ich zumindest so gemacht, weil ich bei solchen unglücklichen Zusammentreffen selten dem Unfallgegner die alleinige Schuld gebe.

So etwas passiert eben mal. Ein derart gönnerhaftes „Bitte" ist mir im Supermarkt noch nicht untergekommen. Aber was soll's, wenn der Herr nachher im Auto sitzt und seinen Mercedes langsam über den Parkplatz kreisen lässt, winkt er den übrigen Miteinkäufern wahrscheinlich wie die Queen mit hoch erhobener, leicht abgeknickter Hand zu. Wenn er dann glücklich ist, soll's mir recht sein.

20. Das Personal

Es gibt ja Kassiererinnen, die mir sehr sympathisch sind. Nicht, dass ich die anderen nicht mag, so intim ist der Kontakt nun auch wieder nicht, aber manche stechen eben wegen ihrer Freundlichkeit oder wegen gegenseitiger Sympathie heraus. Da ich ja eine regelmäßige Discountereinkäuferin bin, ist es schon so weit gekommen, dass ich von vielen Mitarbeitern im Supermarkt gegrüßt werde. Und das ist nicht etwa ein „Sie-müssen-immer-schön-freundlich-zum-Kunden-sein"-Gegrüße, sondern in der Tat sehr persönlich. Andere Kunden um mich herum werden nämlich nicht gegrüßt. Selbst der Filialleiter... ach, lassen wir das.

Die Kassiererin, bei der ich mich damals so ruhmreich übergeben habe, hat es leider nicht so gut getroffen. Die Arme kann ja nichts dafür, ich habe ja die Sauerei veranstaltet, nicht sie, aber weil ich sie mit dem überaus hochnotpeinlichen Ereignis verbinde, habe ich so meine Schwierigkeiten, wenn ich sehe, dass sie an der Kasse sitzt.

Wenn die Nachbarkasse geöffnet hat, gehe ich selbstverständlich lieber dorthin. Irgendwie erwarte ich nämlich, dass mich wieder ein ähnliches Schicksal heimsuchen würde, wenn ich bei besagter Kassiererin bezahlen würde. Eigentlich ist es ja total blödsinnig, aber solche Ereignisse brennen sich tief ins Gedächtnis.

Dafür habe ich aber auch eine Lieblingskassiererin. Irgendwie ist sie sehr nett, manchmal ergibt sich auch ein kleines Schwätzchen. Nichts Persönliches, ich kenne sie ja nicht näher, aber über das Waschmittel kann man mal ins Gespräch kommen, zum Beispiel. Sie war mal ganz verwundert, als ich von einem Angebot Gebrauch machte, ein Waschmittel, das nur einmal im Jahr zum Verkauf ist, dessen Geruch ich aber so gerne mag, dass ich dann gleich 5fach zugeschlagen habe.

Besagte Kassiererin staunte nicht schlecht (aber überaus wohlwollend), und ich rechtfertigte meinen Einkauf mit dem wunderbaren Geruch des Waschmittels. Zum Beweis öffnete ich eine Flasche und hielt sie ihr zur Geruchsprobe unter die Nase.

„Ja, doch, nicht schlecht", war die Antwort. Überwältigend schien das jetzt nicht zu sein, aber egal, mir gefällt der Geruch und ich fand die Situation so herrlich, dass ich der Kassiererin die geöffnete Flasche unter die Nase halte.

Diese Kassiererin sprach mich auch doch neulich tatsächlich auf meine Frisur an, an der ich etwas geändert hatte. Und, nein, es ist nicht so, dass ich jeden Tag ausgiebig einkaufen gehe. Es liegt wahrscheinlich eher daran, dass ich häufig mit Lavinia im albernen Doppelpack auftrete.

Und dann gibt es da noch eine andere Kassiererin, die zwar immer sehr streng dreinblickt, aber sehr freundlich ist und einen überaus trockenen Humor hat. Man muss sie nur ein bisschen aus der Reserve locken und schlagfertig sein, dann wird es lustig.

Neulich stand ich in der Kassenschlange und bekam mit, wie sie der Nachbarkassiererin erzählte, dass sie unbedingt pünktlich Schluss machen wolle, weil sie ihre Soap-Opera auf keinen Fall verpassen könne.

Als ich dann fertig mit meinem Einkauf war, wünschte ich ihr einen schönen Fernsehabend. „Erwischt", antwortete sie schlagfertig. Wir lachten uns tot.

21. Die Hose

Lavinia und ich fahren mal wieder einkaufen. Dieses Mal haben wir unsere Söhne (12 und 14) dabei. Sie verstehen sich ebenso gut wie Lavinia und ich, und so ist für die Unterhaltung auf der 7 Minuten dauernden Hinfahrt, ach, was schreibe ich, für die Unterhaltung des gesamten Vormittags schon gesorgt.

Lavinias Sohn Michael instruiert mich schon beim Einsteigen ins Auto mit seinem herrlichen Quatsch: „Schaunse mol, das Autö hat Spoilor, da wissense gleisch, wo das Geld vom Steuerzohler hingeht!" Dabei zeigt er auf die Lampen des Autos, die einen Zentimeter aus der übrigen Karosserie hervorstehen. Es ist 10.02 Uhr, und ich kann schon nicht mehr vor Lachen. Herrlich. Das wird ein guter Tag, die Sonne scheint, wunderbar.

Wir fahren also los, Lavinia und ich vorne im Auto, auf der Rückbank die beiden Lausebengel. Unterwegs gesteht Lavinia: „Hör mal, ich müsste da noch mal schnell in den Baumarkt, der Michael macht doch demnächst sein Praktikum, der braucht noch ne Arbeitshose. Und Kaminanzünder brauche ich auch noch." „Gar kein Problem", antworte ich. Mir ist heute alles egal. Der allerliebste Gatte ist mitsamt Tochter auf einer Reise nach Paris, wir Daheimgebliebene lassen es uns dann jetzt auch gut gehen. Und wenn es nur beim Einkaufen ist. Mir doch egal.

Die Jungs auf der Rückbank entdecken eine Mischung aus Rappen und Goethe-Gedichten für sich und unterhalten uns mit allerlei absurden Reimen. „Nein, wir brauchen keine Sohlen", höre ich von hinten, aber der entsprechende Reim bleibt aus, also formuliere ich „Dann fahr'n wir jetzt nach Polen!" Hach, ist das schön! Unter größtem Gelächter kommen wir beim Baumarkt an.

97

Lavinia geht schnurstracks zu den Arbeitsklamotten, ich bleibe erstmal beim Klebeband hängen. Da war doch was? Ach, richtig, wir haben kein Klebeband mehr zu Hause, also rutsche ich mit meinen Ledersohlen von links nach rechts, um der Auslage mit dem entsprechenden Band näherzukommen. Hinter meinem Rücken schreiten ein Verkäufer und ein Kunde an mir vorbei. Offenbar sind meine Schritte derart unsicher (natürlich nicht wirklich, ich kann schon in meinen Schuhen gehen, so ist es nicht), dass der Hipster-Kunde sich genötigt fühlt, mir zu sagen: „Vorsicht, ist glatt hier!"

Ich antworte nur: „Äh, ja, ähh, ha, äh, ja, äh." Mein Sohn, als die Herren außer Hörweite sind: „MAMA! Das war ja voll die Anmache!!!" „Äh, oh, äh, was? Äh, ha, ach, nein, äh, ja, was?" Kriege ich heute auch noch mal einen vernünftigen Satz raus? Meine Güte, ich kann mich doch nicht gleichzeitig um Gewebeband, Betonfixierband, Paketband (3 oder 5 mm), Gaffatape und irgendwelche Sprüche von dahergelaufenen Menschen kümmern.

Ach, komm, ich nehme jetzt einfach das ganz normale, durchsichtige Paketband. Wird schon stimmen. Lavinia steht immer noch bei den Arbeitsklamotten, Michael und mein Sohnemann haben sich unterdessen zu den Schrauben zurückgezogen, weil Michael partout der Meinung ist, er bräuchte keine Arbeitshose für sein Praktikum. Ich geselle mich zu Lavinia. Sie hat eine Arbeitshose in der Hand. „Moment", sage ich, „hast du das gesehen"? Es handelt sich um so komplexe Verhältnisse, dass ich gar nicht weiß, wo ich anfangen soll.

Erstens: An einer Gürtelschlaufe der Hose baumelt eine Plastikblume.

Zweitens: Der Kleiderbügel, auf dem die Hose hängt, trägt die Aufschrift „Fußmatten".

Drittens: Die Hose hat einen Schuhabdruck im Schritt, dass man meinen könnte, jemand habe sie als „Fußmatte" benutzt.

Na, fällt Ihnen was auf? Ja, richtig, das dachten wir uns auch.

Und da kommt zu unser aller Freude noch der Verkäufer, der uns gerne weiterhelfen möchte. Lavinia steht stramm bei der Hose und erklärt die Umstände, der Verkäufer bietet sich an, den unwilligen Michael zu der Hose zu überreden.

Dieser Überredungsversuch endet dann in einer Umkehrung aller Vorzeichen: Michael braucht nun doch keine Hose, da der Praktikumsort gar keine solche Hose erfordert. Nachdem die Umstände geklärt sind, endet die ganze Vorstellung seitens Michael mit den Worten: „Mama, das hab' ich doch gleich gesagt. Hör' doch ein Mal auf mich!" „Oh", sage ich zu Lavinia: „Dann ist das eine Mal ja jetzt vorbei!"

22. Modernisierungswahn im Supermarkt

Unser Supermarkt wurde modernisiert. Die Kassen sind jetzt nur noch mit Scanner und einem Touch-

Screen ausgestattet, es gibt kein „Keyboard" mehr, in das man etwas hineintippen könnte, man muss jetzt digital auf dem Bildschirm tippen. Womöglich ist es Frau Pasulke (Name von der Red. geändert) Schuld, die sich gerne in zeitraubenden Aktionen verlor, die folgendermaßen abliefen:

Wenn ich hier Katzenfutter kaufe, dann nehme ich die Hausmarke, die fressen meine beiden gern. Ich nehme dann von jeder Sorte 2 Schälchen und komme dann bei 8 Sorten auf 16 Schälchen, die ich dann – immerhin schon einigermaßen sortiert, nämlich zusammen, und nicht etwa über den ganzen Einkauf verteilt zwischen Schokolade und Milch - auf dem Laufband gruppiere. Frau Pasulke sortierte dann, nachdem sie schon beinahe mit dem Scannen von Milch und Kakao überfordert war, in den Schälchen herum und stapelte die jeweils beiden Schälchen derselben Sorte akribisch aufeinander.

Unterdessen wurde die Schlange hinter mir immer länger, weil natürlich nur eine Kasse geöffnet war. Frau Pasulke nahm sich nun den ersten „Stapel" vor – und was macht sie? Sie tippt „2 Mal" in die

Tastatur und zieht den „Stapel", der wohlgemerkt aus ganzen zwei Schälchen besteht, über den Scanner.

Das wiederholt sich dann noch sieben unglaublich lange Male. Meinen Berechnungen zufolge wäre sie natürlich drei Mal schneller gewesen, hätte sie diese blöden Schälchen einzeln über den Scanner gezogen, so wie sie gerade lagen. Aber selbst das ist eine atemberaubend langatmige Aktion bei ihr. Das dauert alles immer so lange, dass ich genug Zeit habe, ihre ordentliche Fönwelle auf dem Kopf zu studieren und die Winkel zu berechnen, die sie morgens wohl mit ihrem Lockenstab einhalten muss.

Wie dem auch sei, ob Frau Pasulke nun Schuld daran hat oder nicht, heute erlebte ich nun die neu gestaltete Kassensituation im Supermarkt. Frau Pasulke saß wider Erwarten aber nicht da. Die muss wahrscheinlich erst noch eingearbeitet werden.

Trotzdem gab es große Probleme mit dem neuen System: „Hiiiiiiiiiiltruuuuuuuuuuud!" Die arme Kassiererin, eine ältere Dame, schien einem

Nervenzusammenbruch nahe: „Ich hab' jetzt hier...
ach, die Erdbeeren, wo muss ich denn da ..." Aber
die gut ausgebildete Hiltrud kann helfen und gibt
hilfreiche Ratschläge: „Da musst du die drei, und
dann – nee, die DREI! Ja, genau." Ich nutze den Stau
und sehe mich um: Die Regale mit den
Kinderversuchungssüßigkeiten sind nahezu leer.
Zwei Alibi-Snickers liegen da. Was dem Supermarkt
da jetzt an Gewinn flöten geht! Wer hat denn da
gepennt? Auch Schnapsfläschchen gibt es aktuell
keine.

Dafür sind die Bereiche unter dem Laufband schon
proppevoll: Ökologisch wertvolle Papiertüten liegen
fein säuberlich gestapelt und griffbereit da.

Oh, es geht voran. Aber nein, da folgt die nächste
Bremse: Zwei junge Frauen vor mir wollen je einen
6er Pack Mixery kaufen. Irgendwie schafft das neue
System es nicht, das Gesamtgebinde zu registrieren.
Die Kassiererin ist ein weiteres Mal überaus
bemitleidenswert. Eine der jungen Damen hat es in
der Zwischenzeit geschafft, ihren Vater
herbeizuordern. Was der jetzt da soll, verstehe ich

zwar nicht, aber bitte. Handy macht es möglich. Und auch dieses Problem kann gelöst werde, womöglich ging es um eine Altersüberprüfung, oder der Herr Papa kennt sich mit dem neuen Kassensystem aus. Ich habe das nicht so genau verfolgt.

Endlich bin ich an der Reihe. Es funktioniert alles tadellos – wider Erwarten selbstverständlich. Ich hatte schon damit gerechnet, dass die Milchtüten nicht von der Kasse akzeptiert werden. Oder meine Kundenkarte! Wie schrecklich! Da wären mir ja zig Punkte verloren gegangen!

23. Nur schnell ne Pizza

Nach einem schönen und erholsamen einwöchigen Madeira-Urlaub kommen wir einigermaßen geschafft am Flughafen in Deutschland an. Wir müssen schon über Gebühr lange auf unser Gepäck warten, weil sich da irgendwas verzögert. Die Tochter und ich nutzen die Gelegenheit, um zur Toilette zu gehen. Als wir nach dieser Odyssee, die sich durch den gesamten Flughafen zog, zurückkehren, sind die Gepäckstücke immer noch nicht da. Ich will nach Hause. Der Hund wartet.

Man beobachtet die Leute um sich herum, die ebenso warten, stellt aber leider nichts Besonderes fest. Als wir nun endlich unsere Taschen beisammen haben, können wir zu unserem Auto. Wir haben noch eine ca. zweistündige Fahrt nach Hause vor uns, also nichts wie los.

Mein Mann drückt auf den Knopf der Zentralverriegelung, und da beginnt es, merkwürdig zu werden: Der Kofferraum will nicht aufgehen. Ach, wer weiß, was das schon wieder für eine Marotte ist: Starten wir doch erstmal den Wagen. Nichts. GAR nichts. Batterie leer? Das kann doch nicht sein. Neuer Versuch: Noch weniger als nichts. Meine Güte. Da muss wohl der ADAC ran. Man telefoniert, und die freundliche Dame am ADAC-Ende des Hörers versichert uns, dass man uns innerhalb der nächsten Stunde zu Hilfe eilen wird.

EINE STUNDE! Der arme Hund! Unterdessen meldet sich der Sohnemann: „Ich hab' HUNGER!" Ja, natürlich, wir hatten ja kein Mittagessen. Zu der Zeit saßen wir ja im Flugzeug. Ich krame noch eine angebrochene Packung Salzstangen aus meinem Rucksack. „Oh, Mama, labberige Salzstangen! Das ist ja ein Festmahl", schimpft der Sohn vor sich hin und knabbert lustlos an einer Gummistange vor sich hin.

Ja, ich verstehe es ja. Hunger, Durst, Heimweh. Unterdessen sehen wir in Sekundenabstand Flugzeuge starten, die wahrscheinlich irgendwelche aufgeregten Touristen in den heiß ersehnten Urlaub bringen, während wir hier im kühlen Deutschland stehen, inmitten grauer Wolken. Jetzt fängt es auch noch an zu tröpfeln. Na sicher. Völlig entnervt verlässt mein Mann mit dem Sohn den Parkplatz, um die näheren Örtlichkeiten zu erkunden. Freudestrahlend kommen sie nach wenigen Minuten zurück, um mir vom Schnellimbiss um die Ecke zu erzählen. Aha, das Hungerproblem könnten wir also günstig lösen. Dann geht es sicher allen besser.

Ich schnappe mir also unseren Sohn und gehe mit ihm die paar Meter zur Imbissbude. Wir betreten den wohnwagenähnlichen Schuppen. Darinnen sitzen bereits ein ältliches Ehepaar und ein junger Mann. Wir schauen uns die Speisekarte an und entscheiden uns für zwei Pizzen „Margherita". Jetzt wird nichts Besonderes aus dieser Aktion gemacht, die billigsten Pizzen und fertig. Der Inhaber der Imbissbude kocht und serviert selbst. Und allein.

Die älteren Herrschaften scheint er gut zu kennen, denn er erzählt ihnen von seinen Plänen, den „ganzen Kram dranzugeben" und eine Restauration an anderer Stelle zu eröffnen. Er ist aber kein genuin Deutscher, sondern scheint meiner Einschätzung nach aus Indien zu kommen, so dass diese Erzählungen sehr holprig und lustig klingen. „Ich mach was Neues", sagt er, an die älteren Herrschaften gerichtet. „Ja, dann sagste uns aber Bescheid, ne?" „Neeeee, ich mach das nix öffentlich. WhattsApp oder so." „Jo, da mach das. Machste aber unbedingt, ne?" „Ja, aber nur für euch, oder ich schmeiß' euch Zettel in Briefkasten. Was für Soße auf den Salat?" „Neee", sagt die Dame, „keine Soose!

Mag ich nich!" „Och, komm, bisschen Soße, sonst ist doch nix!" „Jaaa, gut, dann mach en bisschen!" „Neee, Schatz", schaltet sich der fürsorgliche Ehegatte ein, „entweder nix oder Soose. Sonst jibt dat nix." „... weil ich nich einsehe, dass der Chinese nebenan die Parkplätze nich richtich gemacht hat. OK, bisschen Soße..." Flatsch, flutsch, da landen zwei Suppenkellen irgendeiner Soße aus einem gigantischen Eimer auf einem grünen Salat. „Ich könnte melden beim Amt."

Da ist auch schon die Lasagne fertig und wird dem jungen Mann gereicht. Er verabschiedet sich höflich, grinst mir im Hinausgehen noch ins Gesicht, und ich weiß auch genau, warum: Was der „Koch" da von sich gibt, ist Friseurinnen-Niveau. Da versteht man sich wortlos. „Und denkste dran, ne? Wenn du den Laden hier dicht machst, sagste uns Bescheid, ne?" „Jaaaaa, für euch mach ich das. Aber Zettel in Briefkasten. Oder WhattsApp."

Und endlich, ENDLICH, wird meine Bestellung aufgenommen: Zwei blöde Pizzen „Margherita". Ich war sehr stolz auf mich: Ich hatte nicht vergessen,

108

was ich bestellen wollte. „Es is ja so," fährt der Herr dann fort, während es im Salat immer noch etwas zu rühren gibt, meine Pizzen sind noch nicht einmal angefangen, „der, den das alles hier gehört (große Geste in 360°), der interessiert sich nich. Den gehört hier alles. *Name fällt* ist Puffkönig hier in *Stadt XY*. Kuckt einmal im Jahr, ob Geld da ist, sonst alles egal."

„KROK" - das Salatbehältnis wird zugeklappt. Der Salat ist endlich fertig, die Herrschaften verabschieden sich, nicht ohne sich noch ein drittes Mal zu vergewissern, dass sie auch benachrichtigt werden, wenn der Umzug dann endlich ansteht. Der Herr des Ehepaars wirft mir noch ein Grinsen derselben Breite wie das des jungen Mannes vorhin zu. Aha, der Inder hier ist irgendwie doch so eine Art allgemeine Lachnummer. Jetzt tut er mir irgendwie Leid. Vielleicht hat er niemanden, mit dem er seine Gedanken und Sorgen teilen kann. Aber da plötzlich wird Pizzateig belegt. Mein Gott, ich sitze schon 20 Minuten hier.

„Mama", sagt mein Sohn, „da ist Papa!" Was? Ich glaube es nicht: Mein Mann fährt das Auto vor. Ja, das Auto. Es funktioniert wieder. Moment! Das bedeutet: Der ADAC war da, hat das Auto zum Laufen gebracht, und ich habe es in der Zwischenzeit noch nicht einmal geschafft, zwei blöde, lächerliche Pizzen zu kaufen? „Ja, ich habe ja auch Mieter hier in *Stadt XY*", erzählt der Inder weiter. „Ah", antworte ich. Ich kann leider keine große Konversation betreiben. Ich würde ihm jetzt gerne sagen, dass ich total fertig bin, nach dem Urlaub und dem Flug und der Aussicht darauf, noch zwei Stunden nach Hause fahren zu müssen. Aber das macht man doch nicht. Wildfremden Personen solche Details aus dem eigenen Leben erzählen?

Da betritt mein Gatte die Lokalität. Ich muss ihm nun zur allgemeinen Schande heimlich mitteilen, dass die beiden Pizzen, derentwegen ich hier nun schon 25 Minuten sitze, soeben erst in den Ofen geschoben wurden. Mein Gatte ist um nichts verlegen und fordert sogleich, nachdem er sich als mir zugehörig zu erkennen gab, den

110

Toilettenschlüssel, der ihm auch freudestrahlend überreicht wird.

„Und ich mache so: An Weihnachten bekommt jede Mieter von mir eine Geschenk. Macht man so. Mieter gehen für mich arbeiten. Gehen arbeiten, damit können bezahlen Miete. Da kann ich auch mal kaufen Flasche Sekt. Gehört sich so, oder?" „Äh, was? Ja, ja, natürlich." Und Ganesha, der freundliche Gott, lächelt mir fröhlich von der Theke her zu. Mein Mann kommt von der Toilette zurück. „Nee, das is nich richtig. Chinese nebenan hat nur 12 Parkplätze. Muss aber 48 haben. Könnte ich bei Ordnungsamt melden. Ich glaub, mach ich auch. Aber erst mach ich Laden hier zu und ziehe um."

Jaja, aber ich will es doch nicht wissen. Oh, ich kann es nicht mehr hören. Tut mir furchtbar Leid, mit dem Chinesen und seinen Parkplätzen und den Mietern, aber ich will jetzt wirklich meine Pizzen haben und nach HAUSE!

Ping - Oh, da, die Pizzen sind fertig! Der Herr packt ein, und weil mein Mann, mein Sohn und ich nun schon einigermaßen drohend an der Theke stehen, beeilt er sich auch tatsächlich. „Vielen Dank, wissen Sie, wir kommen gerade aus dem Urlaub und wollen nach Hause", sage ich noch, entschuldigend, dass ich nicht so auf seine ausschweifenden Sorgen eingehen konnte. „Ah, Sie sind gerade hier gelandet?" „Ja, genau, und zu Hause wartet unser Hund." „Auf Wiedersehen!" „Ja, Danke und noch einen schönen Abend!" Wir gehen hinaus.

„Was war denn jetzt mit dem Auto? Das ging ja schnell", frage ich meinen Mann beim Hinausgehen. „Du hattest dein Leselämpchen angelassen. Die Batterie war leer!"

24. Das Drogerie-Desaster

Einkaufen. Mal wieder. Die Tochter (15) und ich befinden uns aber zur Steigerung des durch Einkäufe beanspruchten Wohlbefindens in der Haarpflege-Abteilung eines Drogeriemarktcs. Ich wühle im Shampoo, die Tochter schnüffelt unterdessen in den Töpfchen des gegenüberliegenden Regals herum. „Mama, bäh, riech' mal", ruft sie mir entsetzt zu, ein Gefäß mit einer Haarkur in der Hand.

Ich drehe mich um, und sie kommt mir mit der geöffneten Packung entgegen. Dabei gerät, der plötzlichen Schräglage und unvorhergesehenerweise recht flüssigen Konsistenz geschuldet, ein Flatsch des kaugummirosafarbenen Produktes auf den Boden.

Wahrscheinlich war es wie im Film, als wir beide absolut synchron den Kopf zum Flatsch senkten und ihn – den Kopf, nicht den Flatsch - dann wieder erhoben, um uns verdutzt anzusehen.

Schrecksekunde vorbei, was nun? Ich greife in die linke Tasche meiner Jacke, um ein Päckchen Taschentücher zu ertasten. Gut, das ist ein Plan. Niemand befindet sich mit uns im Gang, dann wollen wir mal ...

Und natürlich erscheint wie auf Bestellung eine Frau, die ihren Einkaufswagen langsam um die Ecke in „unseren" Gang hineinschiebt. Geistesgegenwärtig platziere ich schnell meine beiden Füße links und rechts des Flatsches, der sich dummerweise aber in der Mitte des eigentlich recht ausgedehnten Ganges befindet.

Ich stelle mich mal dumm und tue so, als sei ich ganz schrecklich in tiefsinnigen Gedanken versunken, als die Frau natürlich AUSGERECHNET mit ihrem Wagen auf mich zusteuert und dann ein „Pardon" vernehmen lässt, aufgrund dessen ich beiseite gehen muss.

Oh, nee! Kann die denn jetzt nicht einen Geistesblitz bekommen und schnurstracks zum Katzenfutter am Ende des Supermarkts eilen? Jetzt ist der Flatsch sichtbar und leuchtet in seinem giftrosa Farbton vor sich hin. Die Frau scheint das aber nicht weiter zu stören, denn sie schiebt ihren Einkaufswagen weiter und weiter. Ich stehe mit geschlossenen Augen da wie kurz vor der Hinrichtung.

Es macht kurz „frzs", und sie fährt hinter mir vorbei, um dann – ja natürlich – unverrichteter Dinge rechts abzubiegen. Ich drehe mich um. Sie ist mittendurch gefahren. Durch den Flatsch. Eine rosa Spur markiert jetzt den Weg zum Toilettenpapier. (Nein, das ist jetzt übertrieben, aber durchgefahren ist sie wirklich.)

JETZT ABER! Ich fische schnell ein Taschentuch aus der Jackentasche und wische auf. Und da komme ich in den Genuss des versprochenen Duftes. Entsetzlicher hätte ich es mir nicht vorstellen können: Es handelt sich um eine Mischung aus verunglücktem Himbeer-Kaugummi, Shea-Butter und Antibiotikum-Saft (Erdbeer). Puh. Nach einigem Hin-und-her-Gewische ist die Schweinerei beseitigt. Dafür habe ich jetzt den inkriminierten Geruch an den Fingern und versiffte Taschentücher in der Hand. Wohin damit? Oh weia. Ja, genau. In die Jackentasche.

Ich weiß, irgendwie schäme ich mich. Hätte ich den Angestellten das kleine Malheur beichten müssen?

115

Aber andererseits: Wer kauft so eine miserabel stinkende Plörre?

25. Wie gewonnen, so (erstmal) zerronnen

Es ist nicht einfach, für meine Augenfarbe einen passenden Kajalstift zu finden, ich habe da nämlich so einen Mischton aus grau, blau und grün. Umrande ich meine Augen mit grün, sehen sie blau au. Wähle ich blau, sehen sie grün aus. Grau passt am Besten, oder schwarz, schwarz geht auch, sieht aber manchmal zu extrem aus. Also war ich mal wieder froh, einen passenden, grauen Kajalstift im Drogeriemarkt gefunden zu haben.

Die Kassiererin, umsichtig oder geschult wie sie ist, reicht mir den Stift an der Kasse und legt ihn nicht aufs Laufband, damit ich ihn sicher verpacken kann. Nach derart erfolgreichem Einkauf verstaue ich den heiligen Stift an besonderer Stelle, und die Heimreise kann angetreten werden, jedoch nicht ohne noch kurz wesentliche Alltäglichkeiten im Discounter zu besorgen. Zu Hause werden dann unter tatkräftiger Unterstützung verschiedenster Ehemänner und Kinder alle Neuerwerbungen an Ort und Stelle verfrachtet, während ich mich maßgeblich um das Mittagessen kümmere, da die Zeit schon vorangeschritten ist.

„Mama, wo kommen die Gurken hin?", „Ich räume den Käse weg!" – *brutzel, brat* - äh, ja, macht ihr mal. Inmitten dieser an sich löblichen Einräumorgie hat es wohl meinen Kajalstift irgendwie erwischt. Zunächst hatte ich ihn vergessen, denn das Mittagessen musste ja präpariert werden. Und dann habe ich auch nicht mehr daran gedacht. Der nächste Tag ist ein Sonntag, da male ich mich morgens gewöhnlich nicht so ausführlich an, also kommt mir auch da der Kajalstift nicht mehr in den Sinn.

Am Montag jedoch, um 6.45 Uhr fällt mir ein: „Du hattest doch da diesen hübschen Kajalstift gekauft...". Ich krame in meinen Schminkutensilien herum, doch da ist er natürlich nicht. Hrgs, keine Zeit für irgendwelche ausufernden Nachforschungen, es muss jetzt voran gehen, und ich bemale mich anders.

Irgendwie passiert es so tatsächlich, dass dieser Stift in Vergessenheit gerät und ich nicht weiter daran denke, denn ich habe da ja auch noch die restlichen grauen Kajalstumpen, mit denen ich mich schminken kann.

Vier Wochen später:

Der Sohnemann beklagt sich über ein Tintenkiller-Defizit in seinem Schulmäppchen. Mein überaus umsichtiger Gatte nimmt daraufhin das Gefäß mit den Stiften von der Eckbank. Dieses Gefäß steht neben Zeitungen und einem Stapel zurechtgeschnittener Papiere und Pappen, die als Einkaufszettel und Spinnenbeförderungs-apparaturen dienen, damit man schnelle Notizen anfertigen kann und unliebsame Spinnen mit einem Glas nach draußen befördern kann.

Es werden drei Tintenkiller begutachtet, und weil man schon mal dabei ist, wird in einem Zug der gesamte Glasinhalt ausgeleert und einer strengen Prüfung auf Schreibtauglichkeit unterzogen.

Muss ich eigentlich noch weiterschreiben? Eigentlich nicht, oder? Gut, dass ich dabei saß, als die Stifte ausprobiert wurden. Ich entdecke nämlich – na? Genau, meinen „neuen" Kajalstift, der ganz unschuldig zwischen den angefressenen Bleistiften, nicht mehr killenden Tintenkillern und eingetrockneten Kugelschreibern steckt.

„AHA", entfährt es mir: „Den habe ich ja schon lange gesucht! Wie kommt der denn in dieses Stiftglas?" Ich muss fürchterlich lachen. Andere Personen am Küchentisch flöten scheinbar unbeteiligt vor sich hin und betonen: „Also das? Das kann gut sein..." *hust* „... es kann gut sein, dass" *lach* ... dass mir das passiert ist."

26. Der Reis des Herrn

Lavinia und ich, wir schoben eines frühlingshaften Samstags mal wieder zur Haupteinkaufszeit unseren

119

Wagen durch den Supermarkt. Ein älteres Ehepaar kommt uns entgegengefahren. Sie ist in dem Versuch, sich zu stylen, leider kläglich gescheitert, da die auftoupierte Frisur nur von vorne schön aussieht, von der Seite und von hinten jedoch noch so eklatant den Anschein von „plattgelegen vom nächtlichen Schlafen" erweckt, dass es nicht mehr feierlich ist. Ein Meerschweinchen mit dreifachem Fellwirbel ist nichts dagegen.

Er trägt einen schiefen Schnäuzer, der irgendwie ans Rotlicht-Milieu erinnert, und ein Kettenarmband. Ja, ich bemerke so etwas. Und ich bemerke auch, wie sie einmütig und in – dem Alter geschuldeter - Gemächlichkeit nebeneinander her trotten. Es hat etwas Bemitleidenswertes an sich, wie die Herrschaften sich fortbewegen, in ihrem Bemühen, flott zu wirken. Der Einkaufswagen wirkt gar schon wie eine Art Rollator für die Dame.

Lavinia und ich sind in irgendein albernes Gespräch verwickelt, als der Schnäuzer-Herr uns unvermittelt fragt: „Haben Sie zufällig meinen Reis gesehen?" „Äh?" Das war mal ein gekonnter Überfall.

Bevor der Lachanfall einsetzt, bemühen Lavinia und ich uns schnell um adäquate Hilfestellung: „Reis? Ja, Moment, da müssen Sie zwei Gänge weiter ... Kommen Sie doch eben mit, ich zeige Ihnen das."

Lachanfall. Jetzt.

Zwei Minuten später können wir weiter einkaufen. Ich mache es kurz: Wir treffen die Herrschaften an der Kasse wieder, es kommt zu einem wohlwollendem, kurzen „Wir-kennen-uns-ja-jetzt"-Austausch, der nonverbal abläuft: Man nickt sich gönnerhaft zu. Also, gönnerhaft aus der Sicht des Schnauz-Herrn. Aber irgendwie nett und freundlich.

Als Lavinia und ich unseren verdienten Kaffee in der Bäckerei gegenüber trinken und dabei auf der Terrasse sitzen, kommt das Paar wieder an uns vorbei gedackelt, langsamsten Schrittes, die Dame kann nicht so schnell. Man nickt und lächelt wieder kurz. Wir kennen uns ja jetzt. In all der Unbeholfenheit und Oberflächlichkeit, in der ich die

Beiden jetzt beschrieben habe, war aber sehr bemerkenswert und eindrücklich: Sie hielten sich an der Hand und nahmen Rücksicht aufeinander. Die beiden waren wirklich ein Paar, zwei die zu Einem geworden sind. Sehr rührend.

27. Neueröffnung

Eine renommierte Drogeriemarkt-Kette hat schon seit Monaten eine Neueröffnung ganz in der Nähe angekündigt. Darauf freute ich mich wirklich, musste ich doch ansonsten weiter fahren, um einen solchen Markt zu besuchen. Und dann kam ich dementsprechend mit riesigen Einkäufen nicht unter 100 Euro heraus. Zur Überbrückung habe ich dann immer „behelfsmäßig" die nötigsten Drogerieartikel in den Supermärkten in der Nähe gekauft. Aber das ist natürlich nicht dasselbe.

Sie als Frau werden mich verstehen: Man stöbert doch gerne mal durch die verschiedenen Duftrichtungen der Duschgels und lässt sich von den neuesten Trends in Sachen Nagellack inspirieren.

Vor ein paar Tagen war es dann endlich soweit: Die Eröffnung stand an, und Lavinia und ich mussten natürlich unbedingt hin. Das war von langer Hand geplant. Schon auf dem Parkplatz dröhnte eine männliche Stimme durch ein Mikrofon und hielt die Kunden an, doch am Glücksrad teilzunehmen.

„Ach, nee, komm'", sagte ich zu Lavinia, während ich die überdimensionierte Trostpreisabteilung, bestehend aus hauptsächlich Traubenzuckerlutschern, aus dem Augenwinkel musterte. „Wir gehen doch gleich rein ohne Glücksrad, oder?" Eifrig nickte sie, denn sie war genau wie ich neugierig darauf, ob der Markt nur eine abgespeckte Version der bekannten Läden der Kette ist, oder ob man hier (hoffentlich!) das gesamte Sortiment präsentiert. Also nichts wie hinein - und bloß den Blick in die andere Richtung wenden, sonst hält der Glücksradmann uns noch an!

Die Schiebetüren gehen auf, und es umfängt uns zunächst einmal eine angenehme Kühle. Es ist

Sommer und sehr heiß draußen. Das ist schon mal ein Pluspunkt!

Wie gewohnt nehme ich mir ein Einkaufskörbchen und packe gleich zwei Packungen meines Parfums hinein (10% Eröffnungsrabatt, Sie verstehen). Sodann befinde ich mich, ich bin ja nur 3 Meter weiter gegangen, wie zufällig in der Schmink-Abteilung und erwische mich dabei, wie ich die Kajal- und Lippenstifte durchforste. Lavinia durchkämmt unterdessen den ganzen Laden, kommt nach 5 Minuten wieder, bepackt mit Küchenrolle und anderen Kleinigkeiten, während ich erst einen Lippenstift gefunden habe.

„Na, Mädels", werden wir plötzlich von einer etwa gleichaltrigen Dame angesprochen: „Endlich ham wir auch so nen Laden hier, was? Da können wir so richtig shoppen!" Hach, die Dame freut sich auch so wie wir, es ist herrlich. Ich vermeide solche Gespräche ja gerne, gehe dann mal dringend weiter und entdecke, dass das Katzenfutter sage und schreibe 5 Cent billiger ist als das, das ich normalerweise im Supermarkt kaufe. Na, da wird doch jetzt zugeschlagen. (Sie wissen schon, der Eröffnungsrabatt!)

Lavinia setzt sich derweil auf eine kundenfreundlich arrangierte Holzbank und kramt auf ihrem Smartphone herum. Und schon, als wäre sie gekauft, ist sie wieder da, die enthusiastische Dame, die Lavinia von ihrem Smartphone wegzerrt und sie ein weiteres Mal in ein Gespräch verwickelt, wie ich aus den Augenwinkeln sehe. Lavinia hingegen bemüht einen Standardspruch der deutschen Allgemeinfloskelei, weil sie nicht schon wieder von der manisch-überbordenden Einkäuferin belästigt werden will, und kommt dann schnell zu mir geeilt.

Ich kann sie verstehen, die Arme, wir brauchen schon beide einen Kaffee wegen der imposanten Reizüberflutung. Ich weiß nicht, ob Sie das nachvollziehen können: Hier, wo noch vor einem halben Jahr „nur" matschige Wiesen waren, befindet sich jetzt ein Einkaufstempel. Da ist man mit seinen Emotionen schon mal außerhalb jeder Rationalität. Also schnell zur Kasse.

Dort werden unsere Einkäufe liebevoll in Papiertüten verpackt, und wir bekommen allerlei Duschgelpröbchen und die versprochenen 10% Rabatt. Na, das hat sich doch gelohnt!

Beim Hinausgehen entnehme ich dem Kassenbon, dass diese 10% Rabatt noch in der gesamten nächsten Woche gewährt werden. Na, denke ich, da musst Du wohl am Dienstag noch mal kommen.

28. Der Dienstag

Gesagt, getan, am Dienstag habe ich frei und fahre tatsächlich noch einmal hin. Es ist vormittags, elf Uhr. Der Laden ist ganz gut besucht. Ich stehe in der Vitamin-Mineralstoff-Medizin-Abteilung und suche Arnikasalbe, weil ich vor einigen Tagen böse umgeknickt bin.

„Och, Hallo, Frau Schmitt", höre ich es 20 Meter neben mir. Laut. Sehr laut. Unüberhörbar. Ein älteres Ehepaar hat Frau Schmitt, ähnlichen Alters, getroffen. Und sofort geht die Kommunikation weiter bzw. kommt so richtig in Fahrt. Man hat sich ja soooo lange nicht gesehen, und anstatt einen Kaffee irgendwo trinken zu gehen, unterhält man lieber den gesamten Drogeriemarkt. „Und Sie wohnen jetzt in xy?" Ar-ni-ka-sal-be. „Oh, ja, das ist herrlich." „Wie viel Quadratmeter haben Sie denn?" AR-NI-KA-SAL-BE. „82." ICH WILL NICHTS ÜBER 82QM GRO?E WOHNUNGEN HÖREN. „82? Für Sie ganz alleine? Erwarten Sie noch Nachwuchs? HAAAAAA, haaaaa, haaaa." „Haaaaa, nein das ist wirklich toll. Meine Kinder kommen mich alle zwei Tage besuchen." Möchten Sie nicht vielleicht noch ihre Adresse herausposaunen? Vielleicht möchte ja noch jemand der zufällig anwesenden Einkäufer Sie besuchen kommen?

Also, jetzt reicht es, ich kann mich hier nicht konzentrieren. Ich glaube, ich gehe erstmal Katzenfutter holen. Ich eile in die entsprechende Abteilung. Dort herrscht Ruhe. Gott sei Dank. Ich packe die erforderliche Menge in mein Körbchen (und das ist Einiges!), dann wage mich vorsichtig zurück zur Arnikasalbe, die ich immer noch schmerzlich vermisse. „ ... hat mein Sohn mir geholfen! Das hätte ich alleine nicht geschafft!" JA, TOLL, Frau Schmitt, glaube ich sofort, aber SO kann ich nicht einkaufen. Aber was nutzt es? Ich muss es probieren. Also stelle ich mich erneut vor die entsprechende Abteilung, jedoch: Frau Schmitt lässt nicht locker. Bin ich es selbst Schuld? Ich meine, warum kann ich das nicht ausblenden? Irgendwann schaffe ich es dann doch, die Arnikasalbe zu finden, aber nur weil Frau Schmitt und die Herrschaften sich endlich voneinander verabschiedet haben. Natürlich nicht ohne das Versprechen, Frau Schmitt besuchen zu kommen.

29. Leben gerettet

Es ist gleich geschafft: Wir befinden uns kurz vor dem Ende einer Discounter-Einkaufsorgie, ja, wir liegen in den letzten Zügen und befinden uns im Schlussgang des Labyrinths, meine Kinder, meine zu Besuch befindliche Mutter und ich. Auf dem Endspurt zur Kasse sage ich laut zu meinen Begleitpersonen: „Ach, wir brauchen ja noch Eier", und packe eine Packung derselben in den Einkaufswagen.

Der Herr 3 Meter vor uns, der eigentlich schon flotten Schrittes schnurstracks auf der Zielgeraden zur Kasse gewesen zu sein schien, bremst abrupt ab (dass die Reifen nicht noch quietschten, war alles), dreht sich pirouettenartig auf dem Absatz um, schaut mich groß an und sagt: „Gott sei Dank, dass SIE jetzt noch Eier kaufen!" Äh?

Nach kurzem biometrischen Abgleich der wichtigsten Gesichtseckpunkte komme ich zu dem Ergebnis, dass ich den Herrn noch nie gesehen habe. Es handelt sich also nicht um ein heiteres Einkaufs-Geplänkel unter Bekannten, das ja manchmal stattfindet, um die allgemein stressige Situation zu entspannen.

Ich kenne den Mann nicht, aber wie sich herausstellt, habe ich etwas Lebensrettendes gesagt, wie er auch sogleich zugibt: „Die Eier hab' ich ja völlig vergessen! Wenn SIE mich nicht daran erinnert hätten, hätte es was gesetzt zu Hause!"

Ich lächle verschämt und drehe mich mit eingefrorenem Grinsen zu meiner Mutter um, die das Spektakel bewunderte und einen gleichermaßen amüsiert-entsetzten Gesichtsausdruck zur Schau stellt. „Kanntest Du den Herrn", fragt sie mich. „Nein", antworte ich, aber ich bin ganz stolz, soeben per Zufall ein Leben gerettet zu haben.